魯迅雜文精選 9

經典新版

准風月談

魯迅

魯迅——著

萬家墨面沒蒿萊，
敢有歌吟動地哀；
心事浩茫連廣宇，
於無聲處聽驚雷。

魯迅

准風月談

目錄

准風月談

目錄

准風月談

目錄

出版小引

還原歷史的真貌
——讓魯迅作品自己說話

陳曉林

中國自有新文學以來，魯迅當然是引起最多爭議和震撼的作家。但無論是擁護魯迅的人士，或是反對魯迅的人士，至少有一項顯而易見的事實，是受到雙方公認的：魯迅是現代中國最偉大的作家。

時至今日，以魯迅作品為研究題材的論文與專書，早已俯拾皆是，汗牛充棟。全世界以詮釋魯迅的某一作品而獲得博士學位者，也早已不下百餘位之多。而中國大陸靠「核對」或「注解」魯迅作品為生的學界人物，數目上更超過台灣以「研究」孫中山思想為生的人物數倍以上。但遺憾的是，台灣的讀者卻始終無緣全面性地、無偏見地看到魯迅作品的真貌。

事實上，魯迅自始至終是一個文學家、思想家、雜文家，而不是一個翻雲覆雨的政治人物。中國大陸將魯迅捧抬為「時代的舵手」、「青年的導師」，固然是以政治手段扭曲了魯迅作品的真正精神；台灣多年以來視魯迅為「洪水猛獸」、「離經叛道」，不讓魯迅作品堂堂正正出現在讀者眼前，也是割裂歷史真相的笨拙行徑。試想，談現代中國文學，談三十年代作品，而竟獨漏了魯迅這個人和他的著作，豈止是造成半世紀來文學史「斷層」的主因？在明眼人看來，這根本是一個對文學毫無常識的、天大的笑話！

正因為海峽兩岸基於各自的政治目的，對魯迅作品作了各種各樣的扭曲或割裂；而研究魯迅作品的文人學者又常基於個人一己的好惡，而誇張或抹煞魯迅作品的某些特色，以致魯迅竟成為近代中國文壇最離奇的「謎」，及最難解的「結」。

其實，若是擱置激情或偏見，平心細看魯迅的作品，任何人都不難發現：

一、魯迅是一個真誠的人道主義者，他的作品永遠在關懷和呵護受侮辱、受傷害的苦難大眾。

二、魯迅是一個文學才華遠遠超邁同時代水平的作家，就純文學領域而言，他的《吶喊》、《徬徨》、《野草》、《朝花夕拾》，迄今仍是現代中國最夠深度、結構也最為嚴謹的小說與散文；而他所首創的「魯迅體雜文」，冷風熱血，犀利真摯，抒情析理，兼而有之，亦迄今仍無人可以企及。

三、魯迅是最勇於面對時代黑暗與人性黑暗的作家，他對中國民族性的透視，以及對專制勢力的抨擊，沉痛真切，一針見血。

四、魯迅是涉及論戰與爭議最多的作家，他與胡適、徐志摩、梁實秋、陳西瀅等人的筆戰，迄今仍是現代文學史上一樁樁引人深思的公案。

五、魯迅是永不迴避的歷史見證者，他目擊身歷了清末亂局、辛亥革命、軍閥混戰、黃埔北伐，以及國共分裂、清黨悲劇、日本侵華等一連串中國近代史上掀天揭地的鉅變，秉筆直書，言其所信，孤懷獨往，昂然屹立，他自言「橫眉冷對千夫指，俯首甘為孺子牛」，可見他的堅毅與孤獨。

現在，到了還原歷史真貌的時候了。隨著海峽兩岸文化交流的展開，再沒有理由讓魯迅作品長期被掩埋在謊言或禁忌之中了。對魯迅這位現代中國最重要的作家而言，還原歷史真貌最簡單、也最有效的方法，就是讓他的作品自己說話。

不要以任何官方的說詞、拼湊的理論，或學者的「研究」來混淆了原本文氣磅礡、光焰萬丈的魯迅作品；而讓魯迅作品如實呈現在每一個人面前，是魯迅的權利，也是每位讀者的權利。

恩怨俱了，塵埃落定。畢竟，只有真正卓越的文學作品是指向永恆的。

前記

自從中華民國二十有二年五月二十五日《自由談》的編者刊出了「籲請海內文豪，從茲多談風月」的啟事[1]以來，很使老牌風月文豪搖頭晃腦的高興了一大陣，講冷話的也有，說俏皮話的也有，連只會做「文探」的叭兒們也翹起了牠尊貴的尾巴。但有趣的是談風雲的人，風月也談得，談風月就談風月罷，雖然仍舊不能正如尊意。

想從一個題目限制了作家，其實是不能夠的。假如出一個「學而時習之」[2]的試題，叫遺少和車夫來做八股[3]，那做法就絕對不一樣。自然，車夫做的文章可以說是不通，是胡說，但這不通或胡說，就打破了遺少們的一統天下。

古話裡也有過：柳下惠看見糖水，說「可以養老」，盜蹠見了，卻道可以黏門閂[4]。他們是弟兄，所見的又是同一的東西，想到的用法卻有這麼天差地遠。「月白風清，如此良夜何？」[5]好的，風雅之至，舉手贊成。但同是涉及風月的「月黑殺人夜，風高放火天」[6]呢，這不明明是一聯古詩麼？

我的談風月也終於談出了亂子來，不過也並非為了主張「殺人放火」。其實，以為「多談風月」，就是「莫談國事」的意思，是誤解的。「漫談國事」倒並不要緊，只是要「漫」，發出去的箭石，不要正中了有些人物的鼻樑，因為這是他的武器，也是他的幌子。

從六月起的投稿，我就用種種的筆名了，一面固然為了省事，一面也省得有人罵讀者們不管文字，只看作者的署名。然而這麼一來，卻又使一些看文字不用視覺，專靠嗅覺的「文學家」疑神疑鬼，而他們的嗅覺又沒有和全體一同進化，至於看見一個新的作家的名字，就疑心是我的化名，對我嗚嗚不已，有時簡直連讀者都被他們鬧得莫名其妙了。現在就將當時所用的筆名，仍舊留在每篇之下，算是負著應負的責任。

還有一點和先前的編法不同的，是將刊登時被刪改的文字大概補上去了，而且旁加黑點，以清眉目。這刪改，是出於編輯或總編輯，還是出於官派的檢查員的呢，現在已經無從辨別，但推想起來，改點句子，去些諱忌，文章卻還能連接的處所，大約是出於編輯的，而胡亂刪削，不管文氣的接不接，語意的完不完的，便是欽定的文章。

日本的刊物，也有禁忌，但被刪之處，是留著空白，或加虛線，使讀者能夠知道的。中國的檢查官卻不許留空白，必須接起來，於是讀者就看不見檢查刪削的痕跡，一切含糊和恍忽之點，都歸在作者身上了。這一種辦法，是比日本大有進步的，我現在提出來，以存中國文網史上極有價值的故實。

去年的整半年中，隨時寫一點，居然在不知不覺中又成一本了。當然，這不過是一些拉雜的文章，為「文學家」所不屑道。然而這樣的文字，現在卻也並不多，而且「拾荒」的人們，也還能從中撿出東西來，我因此相信這書的暫時的生存，並且作為集印的緣故。

一九三四年三月十日，於上海記

【注釋】

1 上海「申報」副刊之一，始辦於一九一一年八月二十四日，原以刊載鴛鴦蝴蝶派作品為主，一九三二年十二月起，一度革新內容，常刊載左派作家寫的雜文、短評等。一九三三年五月二十五日，《自由談》編者發表啟事，說：「這年頭，說話難，搖筆桿尤難」，「籲請海內文豪，從茲多談風月，少發牢騷，庶作者編者，兩蒙其休。」

2 語見《論語・學而》：「子曰：『學而時習之，不亦説乎！』」

3 明清科舉考試制度所規定的一種公式化文體，每篇分破題、承題、起講、入手、起股、中股、後股、束股八部分，後四部分是主體，每部分有兩股相比偶的文字，合共八股，所以叫八股文。

4 見《淮南子・説林訓》：「柳下惠見飴曰：『可以養老。』盜蹠見飴曰：『可以黏牡。』見物同而用之異。」後漢高誘注：「牡，門戶籥牡也。」柳下惠，春秋時魯國人，《孟子・萬章》中稱他為「聖之和者」；盜蹠，相傳是柳下惠之弟，《史記・伯夷列傳》説他是一個「日殺不辜，肝人之肉，暴戾恣睢，聚黨數千人，橫行天下」的大盜。

5 語見宋代蘇軾《後赤壁賦》。

6 語見元代鞴然子《拊掌錄》：「歐陽公（歐陽修）與人行令，各作詩兩句，須犯徒（徒刑）以上罪者。一云：『持刀哄寡婦，下海劫人船。』一云：『月黑殺人夜，風高放火天。』歐云：『酒黏衫袖重，花壓帽檐偏。』或問之，答云：『當此時，徒以上罪亦做了。』」

一九三三年

夜頌[1]

愛夜的人，也不但是孤獨者，有閒者，不能戰鬥者，怕光明者。

人的言行，在白天和在深夜，在日下和在燈前，常常顯得兩樣。夜是造化所織的幽玄的天衣，普覆一切人，使他們溫暖，安心，不知不覺的自己漸漸脫去人造的面具和衣裳，赤條條地裹在這無邊際的黑絮似的大塊裡。

雖然是夜，但也有明暗。有微明，有昏暗，有伸手不見掌，有漆黑一團糟。愛夜的人要有聽夜的耳朵和看夜的眼睛，自在暗中，看一切暗。君子們從電燈下走入暗室中，伸開了他的懶腰；愛侶們從月光下走進樹蔭裡，突變了他的眼色。夜的降臨，抹殺了一切文人學士們當光天化日之下，寫在耀眼的白紙上的超然，混然，恍然，勃然，粲然的文章，只剩下乞憐，討好，撒謊，騙人，吹牛，搗鬼的夜氣，形成一個燦爛的金色的光圈，像見於佛畫上面似的，籠罩在學識不凡的頭腦上。

愛夜的人於是領受了夜所給與的光明。

高跟鞋的摩登女郎在馬路邊的電光燈下，閣閣的走得很起勁，但鼻尖也閃爍著一點油汗，在證明她是初學的時髦，假如長在明晃晃的照耀中，將使她碰著「沒落」的命運。一大排關著的店鋪的昏暗助她一臂之力，使她放緩開足的馬力，吐一口氣，這時才覺得沁人心脾的夜裡的拂拂涼風。

愛夜的人和摩登女郎，於是同時領受了夜所給與的恩惠。

一夜已盡，人們又小心翼翼的起來，出來了；便是夫婦們，面目和五六點鐘之前也何其兩樣。從此就是熱鬧，喧囂。而高牆後面，大廈中間，深閨裡，黑獄裡，客室裡，秘密機關裡，卻依然彌漫著驚人的真的大黑暗。

現在的光天化日，熙來攘往，就是這黑暗的裝飾，是人肉醬缸上的金蓋，是鬼臉上的雪花膏。只有夜還算是誠實的。我愛夜，在夜間作《夜頌》。

六月八日

【注釋】

1 本篇最初發表於一九三三年六月十日《申報・自由談》。

推[1]

豐之餘

兩三月前，報上好像登過一條新聞，說有一個賣報的孩子，踏上電車的踏腳去取報錢，誤踹住了一個下來的客人的衣角，那人大怒，用力一推，孩子跌入車下，電車又剛剛走動，一時停不住，把孩子輾死了。

推倒孩子的人，早已不知所往。但衣角會被踹住，可見穿的是長衫，即使不是「高等華人」，總該是屬於上等的。

我們在上海路上走，時常會遇見兩種橫衝直撞，對於對面或前面的行人，絕不稍讓的人物。一種是不用兩手，卻只將直直的長腳如入無人之境似的踏過來，倘不讓開，他就會踏在你的肚子或肩膀上。

這是洋大人，都是「高等」的，沒有華人那樣上下的區別。一種就是彎上他兩條臂膊，手掌向外，像蠍子的兩個鉗一樣，一路推過去，不管被推的人是跌在泥塘或火坑裡。這就是我們的同胞，然而「上等」的，他坐電車，要坐二等所改的三等車，他看報，要看專登黑幕的小報，他坐著看得咽唾沫，但一走動，又是推。

上車，進門，買票，寄信，他推；出門，下車，避禍，逃難，他又推。推得女人孩子都踉踉蹌蹌，跌倒了，他就從各人身上踏過，跌死了，他就從死屍上踏過，走出外面，用舌頭舔舔自己的厚嘴唇，什麼也不覺得。舊曆端午，在一家戲場裡，因為一句失火的謠言，就又是推，把十多個力量未足的少年踏死了。死屍擺在空地上，據說去看的又有萬餘人，人山人海，又是推。

推了的結果，是嘻開嘴巴，說道：「啊唷，好白相來希[2]呀！」

住在上海，想不遇到推與踏，是不能的，而且這推與踏也還要闊大開去。要推倒一切下等華人中的幼弱者，要踏倒一切下等華人。這時就只剩下高等華人頌祝著——

「啊唷，真好白相來希呀。為保全文化起見，是雖然犧牲任何物質，也不應該顧惜的——這些物質有什麼重要性呢！」

六月八日

【注釋】

1 本篇最初發表於一九三三年六月十一日《申報・自由談》。

2 上海話，好玩得很的意思。

二丑藝術[1]

豐之餘

浙東的有一處的戲班中，有一種角色叫作「二花臉」，譯得雅一點，那麼，「二丑」就是。他和小丑的不同，是不扮橫行無忌的花花公子，也不扮一味仗勢的宰相家丁，他所扮演的是保護公子的拳師，或是趨奉公子的清客。總之：身分比小丑高，而性格卻比小丑壞。

義僕是老生扮的，先以諫諍，終以殉主；惡僕是小丑扮的，只會作惡，到底滅亡。而二丑的本領卻不同，他有點上等人模樣，也懂些琴棋書畫，也來得行令猜謎，但倚靠的是權門，凌蔑的是百姓，有誰被壓迫了，他就來冷笑幾聲，暢快一下，有誰被陷害了，他又去嚇唬一下，吆喝幾聲。不過他的態度又並不常常如此的，大抵一面又回過臉來，向臺下的看客指出他公子的缺點，搖著頭裝起鬼臉道：你看這傢伙，這回可要倒楣哩！

　　這最末的一手，是二丑的特色。因為他沒有義僕的愚笨，也沒有惡僕的簡單，他是智識階級。他明知道自己所靠的是冰山，一定不能長久，他將來還要到別家幫閒，所以當受著豢養，分著餘炎的時候，也得裝著和這貴公子並非一夥。

　　二丑們編出來的戲本上，當然沒有這一種角色的，他那裡肯；小丑，即花花公子們編出來的戲本，也不會有，因為他們只看見一面，想不到的。這二花臉，乃是小百姓看透了這一種人，提出精華來，制定了的腳色。

　　世間只要有權門，一定有惡勢力，有惡勢力，就一定有二花臉，而且有二花臉藝術。我們只要取一種刊物，看他一個星期，就會發現他忽而怨恨春天，忽而頌揚戰爭，忽而譯蕭伯納[2]演說，忽而講婚姻問題；但其間一定有時要慷慨激昂的表示對於國事的不滿：這就是用出末一手來了。

　　這最末的一手，一面也在遮掩他並不是幫閒，然而小百姓是明白的，早已使他的類型在戲臺上出現了。

六月十五日

【注釋】

1 本篇最初發表於一九三三年六月十八日《申報・自由談》。

2 蕭伯納（G.B.Shaw，一八五六－一九五〇）英國劇作家、批評家。生於愛爾蘭的都柏林。主要作品有劇本《華倫夫人的職業》、《巴巴拉少校》、《真相畢露》等。

偶成[1]

葦索

善於治國平天下的人物，真能隨處看出治國平天下的方法來，四川正有人以為長衣消耗布匹，派隊剪除[2]；上海又有名公要來整頓茶館[3]了，據說整頓之處，大略有三：一是注意衛生，二是制定時間，三是施行教育。

第一條當然是很好的；第二條，雖然上館下館，一一搖鈴，好像學校裡的上課，未免有些麻煩，但為了要喝茶，沒有法，也不算壞。

最不容易是第三條。「愚民」的到茶館來，是打聽新聞，閒談心曲之外，也來聽聽《包公案》[4]一類東西的，時代已遠，真偽難明，那邊妄言，這邊妄聽，所以他坐得下去。現在倘若改為「某公案」，就恐怕不相信，不要聽；專講敵人的秘史，黑幕罷，這邊之所謂敵人，未必就是他們的敵人，所以也難免聽得不大起勁。結果是茶館主人遭殃，生意清淡了。

前清光緒初年，我鄉有一班戲班，叫作「群玉班」，然而名實不符，戲做得非常壞，竟弄得沒有人要看了。鄉民的本領並不亞於大文豪，曾給他編過一支歌：

台上群玉班，
台下都走散。
連忙關廟門，
兩邊牆壁都爬塌（平聲），
連忙扯得牢，
只剩下一擔餛飩擔。

看客的取捨是沒法強制的，他若不要看，連拖也無益。即如有幾種刊物，有錢有勢，本可以風行天下的了，然而不但看客有限，連投稿也寥寥，總要隔兩月才出一本。

諷刺已是前世紀的老人的夢囈[5]，非諷刺的好文藝，好像也將是後世紀的青年的出產了。

六月十五日

【注釋】

1 本篇最初發表於一九三三年六月二十二日《申報．自由談》。

2 指當時四川軍閥楊森的所謂「短衣運動」。《論語》半月刊第十八期（一九三三年六月一日）「古香齋」欄曾轉載「楊森治下營山縣長羅象翥禁穿長衫令」，其中說：「查自本軍接防以來，業經軍長通令戍區民眾，齊著短服在案。……著自四月十六日起，由公安局派隊，隨帶剪刀，於城廂內外梭巡，遇有玩視禁令，仍著長服者，立即執行剪衣，勿稍瞻徇。」參看本書〈「滑稽」例解〉。

3 一九三三年六月十一日上海《大晚報》「星期談屑」刊載署名「蓼」的〈改良坐茶館〉一文，其中說對群眾聚集的茶館「不能淡然置之」，提示當局把茶館變為對群眾「輸以教育」的場所，並提出「改良茶館的設備」、「規定坐茶館的時間」、「加以民眾教育的設備」等辦法。

4 又名《龍圖公案》，明代公案小說，寫宋代清官包拯斷案的故事。

5 一九三三年六月十一日《大晚報．火炬》登載法魯的《到底要不要自由》一文，攻擊魯迅等寫的雜文說：「譏刺嘲諷更已屬另一年代的老人所發的囈語。」

談蝙蝠[1]

遊光

人們對於夜裡出來的動物，總不免有些討厭牠，大約因為牠偏不睡覺，和自己的習慣不同，而且在昏夜的沉睡或「微行」[2]中，怕牠會窺見什麼秘密罷。

蝙蝠雖然也是夜飛的動物，但在中國的名譽卻還算好的。這也並非因為牠吞食蚊虻，於人們有益，大半倒在牠的名目和「福」字同音。以這麼一副尊容而能寫入畫圖，實在就靠著名字起得好。

還有，是中國人本來願意自己能飛的，也設想過別的東西都能飛。道士要羽化，皇帝想飛升，有情的願作比翼鳥[3]兒，受苦的恨不得插翅飛去。想到老虎添翼，便毛骨悚然，然而青蚨[4]飛來，則眉眼莞爾。至於墨子的飛鳶[5]終於失傳，飛機非募款到外國去購買不可[6]，則是因為太重了精神文明的緣故，勢所必至，理有固然，毫不足怪的。但雖然不能夠做，卻能夠想，所以見了老鼠似的東西生著翅子，倒也並不詫異，有名的文人還要收為詩料，謅出什麼「黃昏到寺蝙蝠飛」[7]那樣的佳句來。

西洋人可就沒有這麼高情雅量，他們不喜歡蝙蝠。推源禍始，我想，恐怕是應該歸罪於伊索[8]的。他的寓言裡，說過鳥獸各開大會，蝙蝠到獸類裡去，因為牠有翅子，獸類不收，到鳥類裡去，又因為牠是四足，鳥類不納，弄得牠毫無立場，於是大家就討厭這作為騎牆的象徵的蝙蝠了。

中國近來拾一點洋古典，有時也奚落起蝙蝠來。但這種寓言，出於伊索，是可喜的，因為他的時代，動物學還幼稚得很。現在可不同了，鯨魚屬於什麼類，蝙蝠屬於什麼類，就是小學生也都知道得清清楚楚。倘若還拾一些希臘古典，來作正經話講，那就只足表示他的智識，還和伊索時候，各開大會的兩類紳士淑女們相同。

大學教授梁實秋[9]先生以為橡皮鞋是草鞋和皮鞋之間的東西，那知識也相仿，假使他生在希臘，位置是說不定會在伊索之下的，現在真可惜得很，生得太晚一點了。

六月十六日

【注釋】

1 本篇最初發表於一九三三年六月二十五日《申報·自由談》。

2 舊時帝王、大臣隱藏自己身分改裝出行。

3 傳說中的鳥名，《爾雅·釋地》晉代郭璞注說牠「青赤色，一目一翼，相得乃飛」。舊時常用以比喻情侶。

4 傳說中的蟲名，過去詩文中曾用作錢的代稱。晉代干寶《搜神記》卷十三載：「南方有蟲，……名青蚨，形似蟬而稍大，……生子必依草葉，大如蠶子。取其子，母即飛來。……以母血塗錢八十一文，以子血塗錢八十一文，每市物，或先用母錢，或先用子錢，皆復飛歸，輪轉無已。」

5 墨子（約西元前四六八—西元前三七六），名翟，春秋戰國之際魯國人。墨家學派創始人。墨子製飛鳶事，見《韓非子·外儲說》（左上）：「墨子為木鳶，三年而成，蜚（飛）一日而敗。」又見《淮南子·齊俗訓》：「魯般、墨子以木為鳶而飛之，三日不集。」在《墨子》一書中，則僅有公輸般（一說即魯般）「削竹木以為鵲」的記載（見〈魯問〉篇）。

6 指一九三三年國民黨政府以徵募「航空救國飛機捐」名義，購買外國飛機。

7 語見唐代韓愈《山石》詩。

8 伊索（Aesop，約西元前六世紀），相傳是古希臘寓言作家，奴隸出身，因機智博學獲釋為自由民。所編寓言經後人加工和補充，集成現在流傳的《伊索寓言》。該書《蝙蝠與黃鼠狼》一篇，說一隻蝙蝠被與鳥類為敵的黃鼠狼捉住時，自稱是老鼠，後來被另一隻仇恨鼠類的黃鼠狼捉住時，又自稱是蝙蝠，因而兩次都被放了。魯迅文中所說的情節與這一篇相近。

9 新月社的主要成員。他在《論第三種人》一文中曾說：「魯迅先生最近到北平，做過數次演講，有一次講題是《第三種人》。……這一回他舉了一個譬喻說，胡適之先生等所宣導的新文學運動，是穿著皮鞋踏入文壇，現在的普羅運動，是赤腳的也要闖入文壇。隨後報紙上就有人批評說，魯迅先生演講的那天既未穿皮鞋亦未赤腳，而登著一雙帆布膠皮鞋，正是『第三種人。』」（據《偏見集》），按魯迅曾於一九三二年十一月二十七日在北京師範大學講演，講題為《再論「第三種人」》。

「抄靶子」[1]

旅隼

中國究竟是文明最古的地方，也是素重人道的國度，對於人，是一向非常重視的。至於偶有凌辱誅戮，那是因為這些東西並不是人的緣故。皇帝所誅者，「逆」也，官軍所剿者，「匪」也，劊子手所殺者，「犯」也，滿洲人「入主中夏」，不久也就染了這樣的淳風，雍正皇帝要除掉他的弟兄，就先行御賜改稱為「阿其那」與「塞思黑」[2]，我不懂滿洲話，譯不明白，大約是「豬」和「狗」罷。黃巢[3]造反，以人為糧，但若說他吃人，是不對的，他所吃的物事，叫作「兩腳羊」。

時候是二十世紀，地方是上海，雖然骨子裡永是「素重人道」，但表面上當然會有些不同的。對於中國的有一部分並不是「人」的生物，洋大人如何賜諡，我不得而知，我僅知道洋大人的下屬們所給與的名目。

假如你常在租界的路上走，有時總會遇見幾個穿制服的同胞和一位異胞（也往往沒有這一位），用手槍指住你，搜查全身和所拿的物件。倘是白種，是不會指住的；黃種呢，如果被指的說是日本人，就放下手槍，請他走過去；獨有文明最古的黃帝子孫，可就「則不得免焉」[4]了。這在香港，叫作「搜身」，倒也還不算很失了體統，然而上海則竟謂之「抄靶子」。

抄者，搜也，靶子是該用槍打的東西，我從前年九月以來[5]，才知道這名目的的確。四萬萬靶子，都排在文明最古的地方，私心在僥倖的只是還沒有被打著。洋大人的下屬，實在給他的同胞們定了絕好的名稱了。

然而我們這些「靶子」們，自己互相推舉起來的時候卻還要客氣些。我不是「老上海」，不知道上海灘上先前的相罵，彼此是怎樣賜謚的了。但看看記載，還不過是「曲辮子」，「阿木林」[6]。「壽頭碼子」雖然已經是「豬」的隱語，然而究竟還是隱語，含有寧「雅」而不「達」[7]的高誼。若夫現在，則只要被他認為對於他不大恭順，他便圓睜了綻著紅筋的兩眼，擠尖喉嚨，和口角的白沫同時噴出兩個字來道：豬玀！

六月十六日

【注釋】

1 本篇最初發表於一九三三年六月二十日《申報．自由談》。

2 清朝雍正皇帝（胤禛，康熙第四子）未即位前，和他的兄弟爭謀皇位；即位以後，於雍正四年（一七二六）命削去他的弟弟胤禩（康熙第八子）和胤禟（康熙第九子）二人宗籍，並改胤禩名為「阿其那」，改胤　名為「塞思黑」。在滿語中，前者是狗的意思，後者是豬的意思。

3 黃巢（八三五—八八四），曹州冤句（今山東菏澤）人，唐末農民起義領袖。舊史書中多有誇張其殘暴的記載。《舊唐書．黃巢傳》說他起義時「俘人而食」，但無「兩腳羊」的名稱。魯迅引用此語，當出自南宋莊季裕《雞肋編》中：

「自靖康丙午歲（一一二六），金狄亂華，六七年間，山東、京西、淮南等路，荊榛千里，斗米至數十千，且不可得。盜賊官兵以至居民，更互相食，人肉之價，賤於犬豕，肥壯者一枚不過十五千，全軀暴以為臘。登州范溫率忠義之人，紹興癸丑歲（一一三三）泛海到錢塘，有持至行在（杭州）猶食者。老瘦男子謂之饒把火，婦人少艾者名之下羹羊，小兒呼為和骨爛：又通目為兩腳羊。」

4 語見《孟子．梁惠王》。

5 指一九三一年九一八事變以來。

6 「曲辮子」即鄉愚。「阿木林」，即傻子。都是上海話。

7 清末嚴復在《天演論．譯例言》中曾說「評事三難：信、達、雅」。按「信」指忠實於原作；「達」指語言通順明白；「雅」指文雅。

「吃白相飯」[1]

旅隼

要將上海的所謂「白相」，改作普通話，只好是「玩耍」；至於「吃白相飯」，那恐怕還是用文言譯作「不務正業，遊蕩為生」，對於外鄉人可以比較的明白些。

遊蕩可以為生，是很奇怪的。然而在上海問一個男人，或向一個女人問她的丈夫的職業的時候，有時會遇到極直截的回答道：「吃白相飯的。」

聽的也並不覺得奇怪，如同聽到了說「教書」，「做工」一樣。倘說是「沒有什麼職業」，他倒會有些不放心了。

「吃白相飯」在上海是這麼一種光明正大的職業。

我們在上海的報章上所看見的，幾乎常是這些人物的功績；沒有他們，本埠新聞是絕不會熱鬧的。但功績雖多，歸納起來也不過是三段，只因為未必全用在一件事情上，所以看起來好像五花八門了。

第一段是欺騙。見貪人就用利誘，見孤憤的就裝同情，見倒楣的則裝慷慨，但見慷慨的卻又會裝悲苦，結果是席捲了對手的東西。

第二段是威壓。如果欺騙無效，或者被人看穿了，就臉孔一翻，化為威嚇，或者說人無禮，或者誣人不端，或者賴人欠錢，或者並不說什麼緣故，而這也謂之「講道理」，結果還是席捲了對手的東西。

第三段是溜走。用了上面的一段或兼用了兩段而成功了，就一溜煙走掉，再也尋不出蹤跡來。失敗了，也是一溜煙走掉，再也尋不出蹤跡來。事情鬧得大一點，則離開本埠，避過了風頭再出現。

有這樣的職業，明明白白，然而人們是不以為奇的。

「白相」可以吃飯，勞動的自然就要餓肚，明明白白，然而人們也不以為奇。

但「吃白相飯」朋友倒自有其可敬的地方，因為他還直直落落的告訴人們說，「吃白相飯的！」

六月二十六日

【注釋】

1 本篇最初發表於一九三三年六月二十九日《申報・自由談》。

華德保粹優劣論[1]

孺牛

希特拉[2]先生不許德國境內有別的黨，連屈服了的國權黨[3]也難以倖存，這似乎頗感動了我們的有些英雄們，已在稱讚其「大刀闊斧」[4]。但其實這不過是他老先生及其之流的一面。

別一面，他們是也很細針密縷的。有歌為證：

跳蚤做了大官了
帶著一夥各處走。
皇后宮嬪都害怕，
誰也不敢來動手。
即使咬得發了癢罷，

要擠爛牠也怎麼能夠。

噯哈哈，噯哈哈，哈哈，噯哈哈！

這是大家知道的世界名曲《跳蚤歌》[5]的一節，可是在德國已被禁止了。當然，這絕不是為了尊敬跳蚤，乃是因為它諷刺大官；但也不是為了諷刺是「前世紀的老人的囈語」，卻是為著這歌曲是「非德意志的」。華德大小英雄們，總不免偶有隔膜之處。

中華也是誕生細針密縷人物的所在，有時真能夠想得入微，例如今年北平社會局呈請市政府查禁女人養雄犬文[6]云：

「……查雌女雄犬相處，非僅有礙健康，更易發生無恥穢聞，揆之我國禮義之邦，亦為習俗所不許，謹特通令嚴禁，除門犬獵犬外，凡婦女帶養之雄犬，斬之無赦，以為取締。」

兩國的立腳點，是都在「國粹」的，但中華的氣魄卻較為宏大，因為德國不過大家不能唱那一首歌而已，而中華則不但「雌女」難以蓄犬，連「雄犬」也將砍頭。這影響於叭兒狗是很大的。由保存自己的本能，和應時勢之需要，牠必將變成

「鬥犬獵犬」模樣。

六月二十六日

【注釋】

1 本篇最初發表於一九三三年七月二日《申報·自由談》。

2 希特拉（A.Hitler，一八八九—一九四五）通譯希特勒，德國法西斯頭子，納粹德國頭號戰犯。一九三三年一月在大資產階級壟斷集團支持下出任內閣總理，一九三四年八月總統興登堡死後，自稱元首。在他登臺以後，對內實行法西斯恐怖統治，對外大肆進行侵略。一九三九年九月他挑起第二次世界大戰，一九四一年六月進攻蘇聯，一九四五年五月蘇軍攻抵柏林時自殺。

3 一譯民族黨。在希特勒攫取政權前後，與法西斯的國社黨密切合作，其黨魁休根堡曾任希特勒內閣的經濟與農業部長。一九三三年六月，希特勒取締除國社黨外的一切政黨，民族黨被迫解散，休根堡辭去部長職務。

4 見一九三三年六月二十三日《大晚報》所載未署名的《希特勒的大刀闊斧》一文：「大刀闊斧，言行相符的手段，是希特勒從政的特色。」

5 德國詩人歌德的《浮士德》中的一首政治諷刺詩，一八七九年俄國作曲家穆索爾斯基為此詩譜曲。

6 這段呈文轉引自《論語》半月刊第十八期「古香齋」欄。參看本書《「滑稽」例解》。

華德焚書異同論[1]

孺牛

德國的希特拉先生們一燒書[2]，中國和日本的論者們都比之於秦始皇[3]。然而秦始皇實在冤枉得很，他的吃虧是在二世而亡，一班幫閒們都替新主子去講他的壞話了。

不錯，秦始皇燒過書，燒書是為了統一思想。但他沒有燒掉農書和醫書；他收羅許多別國的「客卿」[4]，並不專重「秦的思想」，倒是博採各種的思想的。秦人重小兒；始皇之母，趙女也，趙重婦人[5]，所以我們從「劇秦」[6]的遺文中，也看不見輕賤女人的痕跡。

希特拉先生們卻不同了，他所燒的首先是「非德國思想」的書，沒有容納客卿的魄力；其次是關於性的書，這就是毀滅以科學來研究性道德的解放，結果必將使婦人和小兒沉淪在往古的地位，見不到光明。而可比於秦始皇的車同軌，書同文[7]……之類的大事業，他們一點也做不到。

阿拉伯人攻陷亞歷山德府[8]的時候，就燒掉了那裡的圖書館，那理論是：如果那些書籍所講的道理，和《可蘭經》[9]相同，則已有《可蘭經》，無須留了；倘使不同，則是異端，不該留了。這才是希特拉先生們的嫡派祖師——雖然阿拉伯人也是「非德國的」——和秦的燒書，是不能比較的。

但是結果往往和英雄們的預算不同。始皇想皇帝傳至萬世，而偏偏二世而亡，赦免了農書和醫書，而秦以前的這一類書，現在卻偏偏一部也不剩。希特拉先生一上臺，燒書，打猶太人，不可一世，連這裡的黃臉乾兒們，也聽得興高采烈，向被壓迫者大加嘲笑，對諷刺文字放出諷刺的冷箭[10]來——到底還明白的冷冷的訊問道：你們究竟要自由不要？不自由，無寧死。現在你們為什麼不去拚死呢？

這回是不必二世，只有半年，希特拉先生的門徒們在奧國一被禁止，連黨徽也改成三色玫瑰了。最有趣的是因為不准叫口號，大家就以手遮嘴，用了「掩口式」。[11]這真是一個大諷刺。刺的是誰，不問也罷，但可見諷刺也還不是「夢囈」，質之黃臉乾兒們，不知以為何如？

六月二十八日

【注釋】

1 本篇最初發表於一九五三年七月十一日《申報·自由談》。

2 一九三三年希特勒執政後，實行文化專制政策，禁止所謂「非德意志」（即不符合納粹思想）的書籍出版和流通。一九三三年五月起曾在柏林和其他城市焚燒書籍。

3 嬴政（前二五九－前二一〇），戰國時秦國國君，於西元前二二一年建立了我國第一個中央集權的封建王朝。據《史記·秦始皇本紀》載，始皇三十四年（前二一三年），丞相李斯因當時博士中有人懷疑郡縣制、以古非今，向秦始皇建議：「史官非秦記，皆燒之。非博士官所職，天下敢有藏《詩》、《書》、百家語者，悉詣守尉雜燒之。有敢偶語《詩》、《書》者，棄市。以古非今者，族。吏見知不舉者，與同罪。令下三十日，不燒，黥為城旦。所不去者，醫藥、卜筮、種樹之書。若欲有學法令，以吏為師。」秦始皇採納了李斯的建議，把秦以前除農書和醫書之外的古籍燒毀。

4 戰國時代，某一諸侯國任用他國人擔任官職，稱之為「客卿」。如秦始皇的丞相李斯就是楚國人。

5 關於秦人重小兒，趙重婦人，見《史記·扁鵲列傳》：「扁鵲名聞天下。過邯鄲，聞（趙人）貴婦人，即為帶下醫；……來入咸陽，聞秦人愛小兒，即為小兒醫：隨俗為變。」又同書《秦始皇本紀》和《呂不韋列傳》載，秦始皇的母親，是趙國邯鄲的一個「豪家女」。

6 意思就是很短促的秦朝。原語見漢代揚雄《劇秦美新》：「二世而亡，何其劇與（歟）！」《文選·劇秦美新》唐代李善注：「劇，甚也，言促甚也。」

7 原語出《史記·秦始皇本紀》：「一法度衡石丈尺，車同軌，書同文字。」戰國時諸侯割據一方，各國制度不同，秦始皇統一六國後，規定車軌一致；又規定以秦國的小篆作為標準字體推行全國；同時，還統一了貨幣和度量衡。

8 即亞歷山大，埃及最大的海港城市，在埃及托勒密王朝時期（西元前三〇五—西元前三〇）是地中海東部政治、經濟和文化的中心。該城圖書館藏書甚豐，西元前四十八年羅馬人入侵時被焚燒過半；殘存部分，傳說西元六四一年阿拉伯人攻陷該城時被毀。

9 又譯《古蘭經》，伊斯蘭教經典。共三十卷，為該教創立人穆罕默德的言行錄，經後人整理成冊傳世。

10 一九三三年六月十一日《大晚報．火炬》登載法魯的《到底要不要自由》一文，對得不到寫作自由而被迫用「彎彎曲曲」筆法的作者進行嘲諷。參看《偽自由書．後記》。

11 一九三三年一月希特勒執政後，極力策劃德奧合併運動。奧地利的法西斯政黨國社黨也希望奧國能早日合併於德國。當時奧總理陶爾斐斯反對法西斯黨的合併運動，他在五月間下令除國旗外禁止懸掛一切政黨旗幟，隨著德奧關係的緊張，奧政府又於六月解散奧國國社黨，禁止佩帶該黨黨徽，禁呼該黨口號。有的國社黨員因而用黑紅白三色玫瑰花代替該黨的卐字標誌；或直立舉右手，以左手掩口，作為呼口號的表示。

我談「墮民」[1]

越客

六月二十九日的《自由談》裡，唐弢[2]先生曾經講到浙東的墮民，並且據《墮民猥談》[3]之說，以為是宋將焦光瓚的部屬，因為降金，為時人所不齒，至明太祖[4]，乃榜其門曰「丐戶」，此後他們遂在悲苦和被人輕蔑的環境下過著日子。

我生於紹興，墮民是幼小時候所常見的人，也從父老的口頭，聽到過同樣的他們所以成為墮民的緣起。但後來我懷疑了。因為我想，明太祖對於元朝，尚且不肯放肆[5]，他是絕不會來管隔一朝代的降金的宋將的；況且看他們的職業，分明還有「教坊」或「樂戶」[6]的餘痕，所以他們的祖先，倒是明初的反抗洪武和永樂皇帝的忠臣義士[7]也說不定。

還有一層，是好人的子孫會吃苦，賣國者的子孫卻未必變成墮民的，舉出最近便的例子來，則岳飛[8]的後裔還在杭州看守岳王墳，可是過著很窮苦悲慘的生活，然而秦檜、嚴嵩[9]……的後人呢？……

不過我現在並不想翻這樣的陳年賬。我只要說，在紹興的墮民，是一種已經解放了的奴才，這解放就在雍正年間罷[10]，也說不定。所以他們是已經都有別的職業的了，自然是賤業。男人們是收舊貨，賣雞毛，捉青蛙，做戲；女的則每逢過年過節，到她所認為主人的家裡去道喜，有慶弔事情就幫忙，在這裡還留著奴才的皮毛，但事畢便走，而且有頗多的犒賞，就可見是曾經解放過的了。

每一家墮民所走的主人家是有一定的，不能隨便走；婆婆死了，就使兒媳婦去，傳給後代，恰如遺產的一般；必須非常貧窮，將走動的權利賣給了別人，這才和舊主人斷絕了關係。假使你無端叫她不要來了，那就是等於給予她重大的侮辱。

我還記得民國革命之後，我的母親曾對一個墮民的女人說，「以後我們都一樣了，你們可以不要來了。」

不料她卻勃然變色，憤憤的回答道：「你說的是什麼話？……我們是千年萬代，要走下去的！」

就是為了一點點犒賞，不但安於做奴才，而且還要做更廣泛的奴才，還得出錢去買做奴才的權利，這是墮民以外的自由人所萬想不到的罷。

七月三日

【注釋】

1 本篇最初發表於一九三三年七月六日《申報．自由談》。

2 唐弢，浙江鎮海人，作家。著有雜文集《推背集》、《短長書》等。他曾在一九三三年六月二十九日《申報．自由談》發表《墮民》一文，其中有「辱國者的子孫作墮民，賣國的漢奸如果有子孫的話，至少也將是一種墮民」的話。

3 應作《墮民猥編》，作者不詳。明代祝允明《猥談》中有關於墮民的記載，但其中未記焦光瓚部屬被貶為墮民的事。

4 即朱元璋（一三二八—一三九八），濠州鍾離（今安徽鳳陽）人，元末農民起義領袖之一。一三六八年推翻元朝統治，建立明王朝，改元洪武，廟號太祖。

5 明初對待元代殘餘勢力實行剿撫兼施政策，據《明史．太祖本紀》載：洪武三年（一三七〇）五月，武將李文忠攻克應昌（今內蒙自治區克什克騰旗），生擒元帝之子買的里八剌。六月，買的里八剌至京師，群臣請「獻俘」，明太祖不許，並封買的里八剌為崇禮侯。同時又因為李文忠的捷報過於誇耀，對宰相說：「元主中國百年，朕與卿等父母，皆賴其生養，奈何為此浮薄之言，亟改之。」洪武七年九月，又把買的里八剌放回；十一年四月，元主愛猷識理達臘死，明太祖於六月遣使致祭。魯迅所說明太祖對元朝「不肯放肆」，大概指的這類事情。

6 唐代開始設立的掌管教練女樂的機構。「樂戶」，封建時代罪人妻女被編入樂籍者，其名稱最早見於《魏書．刑罰志》。兩者實際都是官妓，相沿到清代雍正年間才廢止。

7 反抗永樂皇帝的忠臣義士，有景清、鐵弦、方孝孺等人。朱元璋死後，由皇太孫朱允炆繼位，即建文帝；不久，他的叔父燕王朱棣起兵奪取帝位，即永樂帝。當時景清等人效忠建文反抗永樂，他們的妻子兒女及族人多同遭殺戮或被貶為奴（但未見到貶為墮民的明確記載）。反抗洪武（明太祖）的忠臣義士，未知何指。

8 岳飛（一一〇三—一一四二），字鵬舉，相州湯陰（今屬河南）人，南宋名將。因堅持抗擊金兵而被投降派宋高宗、秦檜殺害。岳飛被害後，初被偷偷草葬於杭州錢塘門外荒塚中，宋孝宗時改葬於杭州西湖西北岸。

9 秦檜（一〇九〇—一一五五），字會之，江寧（今南京）人，宋高宗時曾任宰相，是主張降金的內奸，殺害岳飛的主謀。嚴嵩（一四八〇—一五六七），字惟中，江西分宜人。明世宗時官至太子太師，是禍國殃民的權奸。

10 據清代蔣良騏《東華錄》載：雍正元年（一七二三）九月「除浙江紹興府墮民丐籍」。

序的解放[1]

桃椎

一個人做一部書，「藏之名山，傳之其人」[2]，是封建時代的事，早已過去了。現在是二十世紀過了三十三年，地方是上海的租界上，做買辦立刻享榮華，當文學家怎不馬上要名利，於是乎有術存焉。

那術，是自己先決定自己是文學家，並且有點兒遺產或津貼。接著就自開書店，自辦雜誌，自登文章，自做廣告，自報消息，自想花樣……然而不成，詩的解放[3]，先已有人，詞的解放[4]，只好騙鳥，於是乎「序的解放」起矣。

夫序，原是古已有之，有別人做的，也有自己做的。但這未免太迂，不合於「新時代」的「文學家」[5]的胃口。因為自序難於吹牛，而別人來做，也不見得定規拍馬，那自然只好解放解放，即自己替別人來給自己的東西作序[6]，術語曰「摘錄來信」，真說得好像錦上添花。「好評一束」還須附在後頭，代序卻一開卷就看見一大番頌揚，彷彿名角一登場，滿場就大喝一聲采，何等有趣。倘是戲子，就得先買許多留聲機，自己將「好」叫進去，待到上臺時候，一面一齊開起來。

可是這樣的玩意兒給人戳穿了又怎麼辦呢？也有術的。立刻裝出「可憐」相，說自己既無黨派，也不借主義，又沒有幫口，「向來不敢狂妄」[7]，毫沒有「座談」[8]時候的搖頭擺尾的得意忘形的氣味兒了，倒好像別人乃是反動派，殺人放火主義，青幫紅幫，來欺侮了這位文弱而有天才的公子哥兒似的。

更有效的是說，他的被攻擊，實乃因為「能力薄弱，無法滿足朋友們之要求」。我們倘不知道這位「文學家」的性別，就會疑心到有許多有黨派或幫口的人們，向他屢次的借錢，或向她使勁的求婚或什麼，「無法滿足」，遂受了冤枉的報復的。

但我希望我的話仍然無損於「新時代」的「文學家」，也「摘」出一條「好評」來，作為「代跋」罷：「『藏之名山，傳之其人』，早已過去了。二十世紀，有術存焉，詞的解放，解放解放，錦上添花，何等有趣？可是別人乃是反動派，來欺侮這位文弱而有天才的公子，實乃因為『能力薄弱，無法滿足朋友們的要求』，遂受了冤枉的報復的，無損於『新時代』的『文學家』也。」

七月五日

【注釋】

1 本篇最初發表於一九三三年七月七日《申報．自由談》。

2 語出西漢司馬遷《報任少卿書》：「僕誠以著此書（按指《史記》），藏諸名山，傳之其人。」《文選》卷四十一選此文，唐代劉良注：「當時無聖人可以示之，故深藏之名山。」

3 指「五四」時期的白話詩運動。

4 一九三三年曾今可在他主編的《新時代月刊》上提倡所謂「解放詞」，該刊第四卷第一期（一九三三年二月）出版「詞的解放運動專號」，其中載有他作的《畫堂春》：「一年開始日初長，客來慰我淒涼；偶然消遣本無妨，打打麻將。都喝乾杯中酒，國家事管他娘；樽前猶幸有紅妝，但不能狂。」

5 指曾今可（一九〇一—一九七一），他當時主持的書局和刊物，都用「新時代」的名稱。

6 一九三三年二月，曾可今出版詩集《兩顆星》，前有署名崔萬秋的為之吹捧的《代序》。同年七月二、三日，崔萬秋分別在《大晚報．火炬》刊登啟事，否認《代序》為他所作；曾今可也在七月四日《申報》刊登啟事進行辯解，說《代序》「乃摘錄崔君的來信」。「好評一束」，指曾今可在《兩顆星．自序》中羅列的「讀者的好評」。

7 這是曾今可在一九三三年七月四日《申報》刊登的答覆崔萬秋的啟事中的話：「鄙人既未有黨派作護符，也不借主義為工具，更無集團的背景，向來不敢狂妄。惟能力薄弱，無法滿足朋友們之要求，遂不免獲罪於知己。……（雖自幸未嘗出賣靈魂，亦足見沒有『幫口』的人的可憐了！）」

8 指曾今可拉攏一些人舉辦「文藝漫談會」和他主辦《文藝座談》雜誌（一九三三年七月一日出版）。

別一個竊火者[1]

丁萌

火的來源，希臘人以為是普洛米修斯[2]從天上偷來的，因此觸了大神宙斯之怒，將他鎖在高山上，命一隻大鷹天天來啄他的肉。

非洲的土人瓦仰安提族[3]也已經用火，但並不是由希臘人傳授給他們的。他們另有一個竊火者。

這竊火者，人們不能知道他的姓名，或者早被忘卻了。他從天上偷了火來，傳給瓦仰安提族的祖先，因此觸了大神大拉斯之怒，這一段，是和希臘古傳相像的。但大拉斯的辦法卻兩樣了，並不是鎖他在山巔，卻秘密的將他鎖在暗黑的地窖子裡，不給一個人知道。派來的也不是大鷹，而是蚊子，跳蚤，臭蟲，一面吸他的血，一面使他皮膚腫起來。這時還有蠅子們，是最善於尋覓創傷的腳色，嗡嗡的叫，拚命的吸吮，一面又拉許多蠅糞在他的皮膚上，來證明他是怎樣地一個不乾淨的東西。

然而瓦仰安提族的人們，並不知道這一個故事。他們單知道火乃酋長的祖先所發明，給酋長作燒死異端和燒掉房屋之用的。

幸而現在交通發達了，非洲的蠅子也有些飛到中國來，我從它們的嗡嗡營營聲中，聽出了這一點點。

七月八日

【注釋】

1 本篇最初發表於一九三三年七月九日《申報・自由談》。

2 希臘神話中造福人類的神。相傳他從主神宙斯那裡偷了火種給予人類，受到宙斯的懲罰。

3 即尼亞姆威齊人，東非坦桑尼亞的主要民族之一，屬班圖語系。原信祖先崇拜，現多已為基督教和伊斯蘭教所取代。

智識過剩[1]

虞明

世界因為生產過剩，所以鬧經濟恐慌，雖然同時有三千萬以上的工人挨餓，但是糧食過剩仍舊是「客觀現實」，否則美國不會賒借麥粉[2]給我們，我們也不會「豐收成災」。[3]

然而智識也會過剩的，智識過剩，恐慌就更大了。據說中國現行教育在鄉間提倡愈甚，則農村之破產愈速[4]。這大概是智識的豐收成災了。美國因為棉花賤，所以在鏟棉田了。中國卻應當鏟智識。這是西洋傳來的妙法。

西洋人是能幹的。五、六年前，德國就嚷著大學生太多了，一些政治家和教育家，大聲疾呼的勸告青年不要進大學。現在德國是不但勸告，而且實行劃除智識了：例如放火燒毀一些書籍，叫作家把自己的文稿吞進肚子去，還有，就是把一群群的大學生關在營房裡做苦工，這叫做「解決失業問題」。

中國不是也嚷著文法科的大學生過剩[5]嗎？其實何止文法科。就是中學生也太多了。要用「嚴厲的」會考制度[6]，像鐵掃帚似的——刷，刷，刷，把大多數的智識青年刷回「民間」去。

智識過剩何以會鬧恐慌？中國不是百分之八、九十的人還不識字嗎？然而智識過剩始終是「客觀現實」，而由此而來的恐慌，也是「客觀現實」。智識太多了，不是心活，就是心軟。心活就會胡思亂想，心軟就不肯下辣手。結果，不是自己不鎮靜，就是妨害別人的鎮靜。於是災禍就來了。所以智識非剷除不可。

然而單是剷除還是不夠的。必須予以適合實用之教育，第一，是命理學——要樂天知命，命雖然苦，但還是應當樂。第二，是識相學——要「識相點」，知道點近代武器的利害。至少，這兩種適合實用的學問是要趕快提倡的。

提倡的方法很簡單：——古代一個哲學家反駁唯心論，他說，你要是懷疑這碗麥飯的物質是否存在，那最好請你吃下去，看飽不飽。現在譬如說罷，要叫人懂得電學，最好是使他觸電，看痛不痛；要叫人知道飛機等類的效用，最好是在他頭上駕起飛機，擲下炸彈，看死不死……

有了這樣的實用教育，智識就不過剩了。亞門[7]！

七月十二日

【注釋】

1 本篇最初發表於一九三三年七月十六日《申報．自由談》。

2 一九三三年五月，財政部長宋子文在華盛頓與美國復興金融公司簽定「棉麥借款」合同，借款五千萬美元，規定以五分之四購買美棉，五分之一購買美麥。

3 一九三二年長江流域各省豐收，但由於帝國主義和地主和商人的操縱，穀價大跌，造成了豐收地區農民的災難。

4 見一九三三年七月十一日《申報》載上海市市長吳鐵城的談話，他把當時農村破產的主要原因荒謬地歸之於「現行教育制度不適合農村環境之需要」，說「現行教育制度在鄉間提倡愈甚，則農村之破產愈速。故欲求農村之發達，必須予以適合實用之教育。」

5 一九三三年五月教育部命令各大學限制招收文法科學生，令文中說：「吾國數千年來尚文積習，相沿既深，求學者因以是為趨向，而文法等科又設備較簡，辦學者亦往往避難就易，遂致側重人文，忽視生產，形成人才過剩與缺乏之矛盾現象。」（據一九三三年五月二十二日《申報》）

6 政府自一九三三年度開始，規定全國各中小學學生屆畢業時，除校內畢業考試以外，還須會同他校畢業生參加當地教育行政機關所主持的一次考試，稱為會考，及格者才得畢業。

7 希伯來文 āmīn 的音譯，一譯「阿們」。猶太教徒和基督教徒祈禱結束時的用語，表示「誠心所願」。

詩和預言[1]

虞明

預言總是詩，而詩人大半是預言家。然而預言不過詩而已，詩卻往往比預言還靈。

例如辛亥革命的時候，忽然發現了：

「手執鋼刀九十九，殺盡胡兒方罷手。」

這幾句《推背圖》[2]裡的預言，就不過是「詩」罷了。那時候，何嘗只有九十九把鋼刀？還是洋槍大炮來得厲害：該著洋槍大炮的後來畢竟占了上風，而只有鋼刀的卻吃了大虧。況且當時的「胡兒」，不但並未「殺盡」，而且還受了優待[3]，以至於現在還有「偽」溥儀出風頭[4]的日子。

所以當做預言看，這幾句歌訣其實並沒有應驗。——死板的照著這類預言去幹，往往要碰壁，好比前些時候，有人特別打了九十九把鋼刀[5]，去送給前線的戰士，結果，只不過在古北口等處流流血，給人證明國難的不可抗性。——倒不如把這種預言歌訣當做「詩」看，還可以「以意逆志，自謂得之」[6]。至於詩裡面，卻的確有著極深刻的預言。我們要找預言，與其讀《推背圖》，不如讀詩人的詩集。

也許這個年頭又是應當發現什麼的時候了罷，居然找著了這麼幾句：

「此輩封狼從瘈狗，生平獵人如獵獸，萬人一怒不可回，會看太白懸其首。」汪精衛[7]著《雙照樓詩詞稿》：譯囂俄[8]之《共和二年之戰士》，這怎麼叫人不「拍案叫絕」呢？這裡「封狼從瘈狗」，自己明明是畜生，卻偏偏把人當做畜生看待：畜生打獵，而人反而被獵！「萬人」的憤怒的確是不可挽回的了。囂俄這詩，是說的一七九三年（法國第一共和二年）的帝制黨，他沒有料到一百四十年之後還會有這樣的應驗。

汪先生譯這幾首詩的時候，不見得會想到二三十年之後中國已經是白話的世界。現在，懂得這種文言詩的人越發少了，這很可惜。然而預言的妙處，正在似懂非懂之間，叫人在事情完全應驗之後，方才「恍然大悟」。這所謂「天機不可洩漏也」。

七月二十日

【注釋】

1 本篇最初發表於一九三三年七月二十三日《申報．自由談》。

2 一本預言後世興亡變亂的荒誕的圖冊，共六十幅，每圖附七言詩一首，相傳是唐代李淳風、袁天綱合著。「手執鋼刀九十九，殺盡胡兒方罷手」，是《燒餅歌》中的兩句。辛亥革命時，革命黨人中常流傳著這兩句話，表示對滿族統治者的仇恨。《燒餅歌》相傳是明代劉基（伯溫）所撰，舊時常附刊於《推背圖》書後。

3 指清皇室受優待，辛亥革命後，民國初年公布「關於清帝遜位後優待條件」、「關於清皇族待遇之條件」等，對清皇室貴族予以保護。因此清代最後一個皇帝溥儀被推翻後，仍留居故宮過著優裕的生活。

4 一九三一年日本帝國主義發動九一八事變，侵占我國東北後，於一九三二年三月成立偽「滿洲國」，扶植溥儀為「執政」。一九三四年三月又改「執政」為「皇帝」。

5 一九三三年四月十二日《申報》載，當時上海有個叫王述的人，與親友捐資特製大刀九十九柄，贈給防守喜峰口等處的宋哲元部隊。

6 語出《孟子．萬章》：「說《詩》者，不以文害辭，不以辭害志；以意逆志，是為得之。」

7 汪精衛（一八八三—一九四四），名兆銘，原籍浙江紹興，生於廣東番禺。早年曾參加同盟會，歷任國民黨政府要職及該黨副總裁。自九一八事變後，他一直主張對日本侵略者妥協，一九三八年十二月公開投敵，一九四〇年三月在南京組織偽國民政府，任主席。一九四四年十一月死於日本。他的《雙照樓詩詞稿》，一九三〇年十二月民信公司出版。

8 囂俄（V.Hugo，一八〇二—一八八五），通譯雨果，法國作家。著有長篇小說《巴黎聖母院》、

《悲慘世界》等。他在一八五三年寫作長詩《斥盲從》（收入政治諷刺詩集《懲罰集》），歌頌一七九三年（即共和二年）法國大革命時期，共和國士兵奮起抗擊歐洲封建聯盟國家武裝干涉的英雄業績，譴責一八五一年拿破崙第三發動反革命政變時的追隨者。汪精衛譯的《共和二年之戰士》，係該詩第一節。

「推」的餘談[1]

豐之餘

看過了《第三種人的「推」》[2]，使我有所感：的確，現在「推」的工作已經加緊，範圍也擴大了。三十年前，我也常坐長江輪船的統艙，卻還沒有這樣的「推」得起勁。那時候，船票自然是要買的，但無所謂「買鋪位」，買的時候也有，然而是另外一回事。假如你怕占不到鋪位，一早帶著行李下船去罷，統艙裡全是空鋪，只有三五個人們。但要將行李擱下空鋪去，可就窒礙難行了，這裡一條扁擔，那裡一束繩子，這邊一卷破席，那邊一件背心，人們中就跑出一個人來說，這位置是他所佔有的。

但其時可以開會議，崇和平，買他下來，最高的價值大抵是八角。假如你是一位戰鬥的英雄，可就容易對付了，只要一聲不響，坐在左近，待到銅鑼一響，輪船將開，這些地盤主義者便抓了扁擔破席之類，一溜煙都逃到岸上去，拋下了賣剩的空鋪，一任你悠悠然擱上行李，打開睡覺了。倘或人浮於鋪，沒法容納，我們就睡在鋪旁，船尾，「第三種人」是不來「推」你的。只有歇在房艙門外的人們，當帳房查票時卻須到統艙裡去避一避。

至於沒有買票的人物，那是要被「推」無疑的。手續是沒收物品之後，吊在桅桿或什麼柱子上，作要打之狀，但據我的目擊，真打的時候是極少的，這樣的到了最近的碼頭，便把他「推」上去。據茶房說，也可以「推」入貨艙，運回他下船的原處，但他們不想這麼做，因為「推」上最近的碼頭，他究竟走了一個碼頭，一個一個的「推」過去，雖然吃些苦，後來也就到了目的地了。

古之「第三種人」，好像比現在的仁善一些似的。

生活的壓迫，令人煩冤，糊塗中看不清冤家，便以為家人路人在阻礙了他的路，於是乎「推」。這不但是保存自己，而且是憎惡別人了，這類人物一闊氣，出來的時候是要「清道」的。

我並非眷戀過去，不過說，現在「推」的工作已經加緊，範圍也擴大了罷了。但願未來的闊人，不至於把我「推」上「反動」的碼頭去——則幸甚矣。

七月二十四日

【注釋】

1 本篇最初發表於一九三三年七月二十七日《申報．自由談》。

2 載一九三三年七月二十四日《申報．自由談》，作者署名達伍。他所說的「第三種人」，是指魯迅在《推》中所說的「洋大人」和「上等」華人以外的另一種人。達伍的文中說：「這種人，既非『上等』，亦不便列作下等。然而他要幫閒『上等』的來推『下等』的。」又舉長江輪船上的情形為例說：「買了統艙票的要被房艙裡的人推，單單買了船票，而不買床位的要被無論那一艙的人推，推得你無容身之地。至於連船票也買不起的人，就直率了當，推上岸或推下水去。萬一船開了，才被發現，就先在你身上窮搜一遍，在衣角上或褲腰帶裡搜出一毛兩毛，或十幾枚銅元，盡數取去，充作船費，然後把你推下船底的貨艙了事。……這些事，都由船上的『幫閒』者們來幹，使用的是『第三種推』法。」

查舊帳[1]

旅隼

這幾天，聽濤社出了一本《肉食者言》[2]，是現在的在朝者，先前還是在野時候的言論，給大家「聽其言而觀其行」[3]，知道先後有怎樣的不同。那同社出版的週刊《濤聲》[4]裡，也常有同一意思的文字。這是查舊帳，翻開帳簿，打起算盤，給一個結算，問一問前後不符，是怎麼的，確也是一種切實分明，最令人騰挪不得的辦法。然而這辦法之在現在，可未免太「古道」了。

古人是怕查這種舊帳的，蜀的韋莊[5]窮困時，做過一篇慷慨激昂，文字較為通俗的《秦婦吟》，真弄得大家傳誦，待到他顯達之後，卻不但不肯編入集中，連人家的鈔本也想設法消滅了。當時不知道成績如何，但看清朝末年，又從敦煌的山洞中掘出了這詩的鈔本，就可見是白用心機了的，然而那苦心卻也還可以想見。

不過這是古之名人。常人就不同了，他要抹殺舊帳，必須砍下腦袋，再行投胎。斬犯綁赴法場的時候，大叫道：「過了二十年，又是一條好漢！」為了另起爐灶，重新做人，非經過二十年不可，真是麻煩得很。

不過這是古今之常人。今之名人就又不同了，他要抹殺舊帳，重新做人，比起常人的方法來，遲速真有郵信和電報之別。不怕迂緩一點的，就出一回洋，造一個寺，生一場病，遊幾天山；要快，則開一次會，念一卷經，演說一通，宣言一下，或者睡一夜覺，做一首詩也可以；要更快，那就自打兩個嘴巴，淌幾滴眼淚，也照樣能夠另變一人，和「以前之我」絕無關係。淨壇將軍[6]搖身一變，化為鯽魚，在女妖們的大腿間鑽來鑽去，作者或自以為寫得出神入化，但從現在看起來，是連新奇氣息也沒有的。

如果這樣變法，還覺得麻煩，那就白一白眼，反問道：「這是我的帳？」如果還嫌麻煩，那就眼也不白，問也不問，而現在所流行的卻大抵是後一法。

「古道」怎麼能再行於今之世呢？竟還有人主張讀經，真不知是什麼意思？然而過了一夜，說不定會主張大家去當兵的，所以我現在經也沒有買，恐怕明天兵也未必當。

七月二十五日

【注釋】

1本篇最初發表於一九三三年七月二十九日《申報．自由談》。

2原書作《食肉者言》，馬成章編，一九三三年七月上海聽濤社出版。內收吳稚暉和現代評論派唐有壬、高一涵、周鯁生等人數年前所寫的攻擊北洋政府的文章十數篇。這書出版的用意，是在顯示吳稚暉等當時的行為和以前的言論完全不符，因為當時吳稚暉已成為蔣介石的幫凶，唐有壬等也大都出任國民黨政府的高級官吏。「肉食者」，指居高位，享厚祿的人，語見《左傳》莊公十年：「肉食者鄙，未能遠謀。」

3語見《論語．公冶長》：「子曰：『始吾於人也，聽其言而信其行；今吾於人也，聽其言而觀其行。』」

4文藝性週刊，曹聚仁主編，一九三一年八月在上海創刊，一九三三年十一月停刊。

5韋莊（約八三六－九一〇），字端己，京兆杜陵（今陝西西安市）人，晚唐五代時的詩人與詞人，五代前蜀主王建的宰相。唐僖宗廣明元年（八八〇）黃巢領導的農民起義軍攻長安時，韋莊因應試正留在城中，三年後（中和三年，八八三）他將當時耳聞目見的種種亂離情形，寫成長篇敘事詩《秦婦吟》。這首詩在當時很流行，許多人家都將詩句刺在幛子上，又稱他為「《秦婦吟》秀才」。詩中寫了黃巢入長安時一般公卿的狼狽以及官軍騷擾人民的情狀，因王建當時是官軍楊復光部的將領之一，所以後來韋莊諱言此詩，竭力設法想使它消滅，在《家誡》內特別囑咐家人「不許垂《秦婦吟》幛子」（見宋代孫光憲《北夢瑣言》）。後來他的弟弟韋藹為他編輯《浣花集》時也未將此詩收入。直到清光緒末年，英人斯坦因、法人伯希和先後在我國甘肅敦煌縣千佛洞盜取古物，才發現了這詩的殘抄本。一九二四年，王國維據巴黎圖書館所藏天復五年（九〇五）張龜寫本和倫敦博物館所藏貞明五年（九一九）安友盛寫本，加以校訂，恢復了原詩的完整面貌。

6 即小說《西遊記》中的豬八戒（原作淨壇使者），關於他化為鯽魚（原作鯰魚）在女妖們的大腿間鑽來鑽去的故事，見該書第七十二回。

晨涼漫記[1]

孺牛

關於張獻忠[2]的傳說，中國各處都有，可見是大家都很以他為奇特的，我先前也便是很以他為奇特的人們中的一個。

兒時見過一本書，叫作《無雙譜》[3]，是清初人作，取歷史上極特別無二的人物，各畫一像，一面題些詩，但壞人好像是沒有的。因此我後來想到可以擇歷來極其特別，而其實是代表著中國人性質之一種的人物，作一部中國的「人史」，如英國嘉勒爾[4]的《英雄及英雄崇拜》，美國亞懋生[5]的《偉人論》那樣。惟須好壞俱有，有嚙雪苦節的蘇武[6]，捨身求法的玄奘[7]，有「鞠躬盡瘁，死而後已」的孔明[8]，但也有呆信古法，「死而後已」的王莽[9]，有半當真半取笑的變法的王安石[10]；張獻忠當然也在內。但現在是毫沒有動筆的意思了。

《蜀碧》[11]一類的書，記張獻忠殺人的事頗詳細，但也頗散漫，令人看去彷彿他是像「為藝術而藝術」[12]的一樣，專在「為殺人而殺人」了。他其實是別有目的的。他開初並不很殺人，他何嘗不想做皇帝。後來知道李自成[13]進了北京，接著是清兵入關，自己只剩了沒落這一條路，於是就開手殺，殺……

他分明的感到，天下已沒有自己的東西，現在是在毀壞別人的東西了，這和有些末代的風雅皇帝，在死前燒掉了祖宗或自己所搜集的書籍古董寶貝之類的心情，完全一樣。他還有兵，而沒有古董之類，所以就殺，殺，殺人，殺……

但他還要維持兵，這實在不過是維持殺。他殺得沒有平民了，就派許多較為心腹的人到兵們中間去，設法竊聽，偶有怨言，即躍出執之，戮其全家（他的兵像是有家眷的，也許就是擄來的婦女）。以殺治兵，用兵來殺，自己是完了，但要這樣的達到一同滅亡的末路。我們對於別人的或公共的東西，不是也不很愛惜的麼？

所以張獻忠的舉動，一看雖然似乎古怪，其實是極平常的。古怪的倒是那些被殺的人們，怎麼會總是束手伸頸的等他殺，一定要清朝的肅王[14]來射死他，這才作為奴才而得救，而還說這是前定，就是所謂「吹簫不用竹，一箭貫當胸」[15]。但我想，這預言詩是後人造出來的，我們不知道那時的人們真是怎麼想。

七月二十八日

【注釋】

1 本篇最初發表於一九三三年八月一日《申報·自由談》。

2 張獻忠（一六〇六—一六四六），延安柳樹澗（今陝西定邊東）人，明末農民起義領袖之一。崇禎三年（一六三〇）起義，轉戰河南、陝西等地。崇禎十七年入川，在成都建立大西國。順治三年（一六四六）出川，有川北鹽亭界為清兵所害。舊史書中常有關於他殺人的誇大記載。

3 清代金古良編繪，內收從漢到宋四十個名人的畫像，並各附一詩。

4 嘉勒爾（T.Carlyle，一七九五—一八八一），通譯卡萊爾，英國著作家及歷史學家。著有《法國革命史》、《過去與現在》等。《英雄及英雄崇拜》是他的講演稿，出版於一八四一年。

5 亞懋生（R.W.Emerson，一八〇三—一八八二），通譯愛默生，美國著作家。著有《論文集》、《英國人的性格》等。《偉人論》（一譯《代表人物》）是他於一八四七年訪問英國時在英格蘭和蘇格蘭的講演稿，後經整理於一八五〇年出版。

6 蘇武（前一四〇—前六〇），字子卿，京兆杜陵（今屬陝西西安市）人。漢武帝天漢元年（前一〇〇）以中郎將出使匈奴，被單於扣留，幽禁在一個大窖中，斷絕飲食。他嚙雪吞氈，得以不死。後又被送到北海（今蘇聯貝加爾湖）無人處去牧羊，他仍堅苦卓絕，始終不屈。直到漢昭帝始元六年（前八十一），因匈奴與漢和好，才被遣回朝。

7 玄奘（六〇二—六六四），唐代高僧，翻譯家、旅行家。本姓陳，洛州緱氏（今河南偃師緱氏鎮）人。隋末出家。他鑒於初期輸入的佛典不夠精確完全，佛教內部對教義闡發不一，立志親赴佛教發源地天竺（古印度）求法，於貞觀三年（六二九，一說貞觀元年）自長安西行，取道甘肅、新疆，過沙漠，越蔥嶺，經阿富汗，歷盡艱險到達印度，在中印度摩揭陀國那爛陀寺從戒賢法師鑽研梵典，又遍遊印度半島的東部和西部，後於貞觀十九年返抵長安。他帶回經卷六五七部，與其弟子們共譯七十五部，計一三三五卷。此外，他又口述所歷諸國風土，由僧人辯機編錄而成《大唐西域記》一書。

8 諸葛亮（一八一—二三四），字孔明，琅琊陽都（今山東沂南）人，三國時蜀漢丞相。「鞠躬盡瘁，死而後已」句，是他在建興六年（二二八）十一月上蜀後主劉禪奏章中的話。這篇奏章世稱為《後出師表》，《三國志·蜀書·諸葛亮傳》未載，見於南朝宋裴松之注引晉代習鑿齒的《漢晉春秋》，據說出於三國時吳國張儼的《默記》。

9 王莽（前四十五—二十三），字巨君，東平陵（今山東歷城）人。西漢末年，他以外戚由大司馬逐漸做到「攝皇帝」，實際掌握了當時的政權。西元八年，他廢孺子嬰，自立為帝，國號新。即位後他模仿古法，改定一切制度，如收全國土地為國有，稱為「王田」，不得買賣；一家男口不滿八人而有田一井（九百畝）以上的，將餘田分給同族或鄉里；奴婢稱為「私屬」，禁止買賣等等。但後來一切新政又都先後廢止，王莽本人則在對農民起義軍作戰失敗後被殺。

10 王安石（一〇二一—一〇八六），字介甫，撫州臨川（今屬江西）人，北宋政治家和文學家。他在宋神宗熙寧二年（一〇六九）任宰相，實行改革，推行均輸、青苗、免役、市易、方田均稅、保甲、保馬等新法。後來因受大官僚大地主的反對和攻擊而失敗。

11 清代彭遵泗著，四卷。內容係記述張獻忠在四川時的事蹟，特別誇張了他殺人的事。作者在康熙二十一年（一六八二）作的自序中說，該書係根據幼年所聞張獻忠遺事及雜採他人記載而成。

12 最早由法國作家戈蒂葉（一八一一—一八七二）提出的一種資產階級文藝觀點（見小說《莫班小姐》序）。它認為文藝應該超越一切功利而存在，創作的目的在於藝術本身，與社會政治無關。

13 李自成（一六〇六—一六四五）陝西米脂人。明末農民起義領袖。崇禎二年（一六二九）起義。崇禎十七年一月在西安建立大順國。同年三月攻克北京，推翻明朝。後因鎮守山海關的明將吳三桂勾引清兵入關，李兵敗退出北京。一六四五年在湖北通山縣九宮山被地主武裝所害。

14 肅王，即豪格（一六〇九—一六四八），清太宗長子，封和碩肅親王。順治三年（一六四六）率清兵進攻陝西、四川，鎮壓張獻忠部起義軍。

15 這是《蜀碧》卷三所載關於張獻忠之死的預言詩：「初，成都東門外，沿江十里，有鎖江橋，橋畔有回瀾塔，萬曆中布政使余一龍所建，……（獻忠）命毀之，就其地修築將台，穿穴取磚，至四丈餘，得一古碑，上有篆文云：『修塔余一龍，拆塔張獻忠。歲逢甲乙丙，此地血流紅。妖運終川北，毒氣播川東。吹簫不用竹，一箭貫當胸。炎興元年，諸葛孔明記。』全肅王督師攻獻，於西充射殺之，乃知『吹簫不用竹』，蓋『肅』字也。」

按張獻忠之死，據《明史．張獻忠傳》載：「順治三年，獻忠盡焚成都宮殿廬舍，夷其城，率眾出川北；……會我大清兵至漢中，……至鹽亭界，大霧，獻忠曉行，猝遇我兵於鳳凰坡，中矢墜馬，蒲伏積薪下，於是我兵擒獻忠出，斬之。」但清代谷應泰《明史記事本末》卷七十七則說張獻忠是「以病死於蜀中」，與清代官修的《明史》所記各異。

中國的奇想[1]

遊光

外國人不知道中國，常說中國人是專重實際的。其實並不，我們中國人是最有奇想的人民。

無論古今，誰都知道，一個男人有許多女人，一味縱欲，後來是不但天天喝三鞭酒[2]也無效，簡直非「壽（？）終正寢」不可的。可是我們古人有一個大奇想，是靠了「御女」，反可以成仙，例子是彭祖[3]有多少女人而活到幾百歲。這方法和煉金術一同流行過，古代書目上還剩著各種的書名。不過實際上大約還是到底不行罷，現在似乎再沒有什麼人們相信了，這對於喜歡漁色的英雄，真是不幸得很。

然而還有一種小奇想。那就是哼的一聲，鼻孔裡放出一道白光，無論路的遠近，將仇人或敵人殺掉。白光可又回來了，摸不著是誰殺的，既然殺了人，又沒有麻煩，多麼舒適自在。這種本領，前年還有人想上武當山[4]去尋求，直到去年，這才用大刀隊來替代了這奇想的位置。現在是連大刀隊的名聲也寂寞了。對於愛國的英雄，也是十分不幸的。

然而我們新近又有了一個大奇想。那是一面救國，一面又可以發財，雖然各種彩票[5]，近似賭博，而發財也不過是「希望」。不過這兩種已經關聯起來了卻是真的。固然，世界上也有靠聚賭抽頭來維持的摩那科王國[6]，但就常理說，則賭博大概是小則敗家，大則亡國；救國呢，卻總不免有一點犧牲，至少，和發財之路總是相差很遠的。然而發現了一致之點的是我們現在的中國，雖然還在試驗的途中。

然而又還有一種小奇想。這回不用一道白光了，要用幾回啟事，幾封匿名的信件，幾篇化名的文章，使仇頭落地，而血點一些也不會濺著自己的洋房和洋服[7]。並且映帶之下，使自己成名獲利。這也還在試驗的途中，不知道結果怎麼樣，但翻翻現成的文藝史，看不見半個這樣的人物，那恐怕也還是枉用心機的。

狂賭救國，縱欲成仙，袖手殺敵，造謠買田，倘有人要編續《龍文鞭影》[8]的，我以為不妨添上這四句。

八月四日

【注釋】

1 本篇最初發表於一九三三年八月六日《申報·自由談》。

2 用三種動物的雄性生殖器泡製的強身藥酒。

3 傳說中人物。晉代葛洪《神仙傳》卷一：「彭祖者，姓籛諱鏗，帝顓頊之玄孫也。殷末已七百六十七歲，而不衰老。」傳內記彭祖曾說過這樣的話：「男女相成，猶天地相生也。……天地晝分而夜合，一歲三百六十交而精氣和合，故能生產萬物而不窮；人能則之，可以長存。」

4 在湖北均縣北，山上有紫霄宮、玉虛宮等宮觀，為我國著名的道教勝地。舊小說中常把武當山描寫為劍俠修煉的神奇的地方。

5 又稱獎券。這裡指國民黨政府自一九三三年起發行的「航空公路建設獎券」，當時報紙宣傳購買獎券是「既愛國，又獲獎」。

6 通譯摩納哥公國（The Principality of Monaco）法國東南地中海濱的一個君主立憲國，境內蒙的卡羅（Monte Carlo）城有世界著名的大賭場，賭場收入為該國政府主要財政來源之一。

7 指當時《社會新聞》、《微言》一類刊物上發表的文章和張資平、曾今可等人的啟事，參看《偽自由書·後記》。

8 明代蕭良友編著，內容都是從古書中摘取來的一些故事，四字一句，每兩句自成一聯，按韻譜列為長編。舊時書塾常採用為兒童課本。

豪語的折扣[1]

葦索

豪語的折扣其實也就是文學上的折扣，凡作者的自述，往往須打一個扣頭，連自白其可憐和無用[2]也還是並非「不二價」的，更何況豪語。

仙才李太白[3]的善作豪語，可以不必說了；連留長了指甲，骨瘦如柴的鬼才李長吉[4]，也說「見買若耶溪水劍，明朝歸去事猿公」起來，簡直是毫不自量，想學刺客了。這應該折成零，證據是他到底並沒有去。南宋時候，國步艱難，陸放翁[5]自然也是慷慨黨中的一個，他有一回說：「老子猶堪絕大漠，諸君何至泣新亭。」他其實是去不得的，也應該折成零。——但我手頭無書，引詩或有錯誤，也先打一個折扣在這裡。

其實，這故作豪語的脾氣，正不獨文人為然，常人或市儈，也非常發達。市上甲乙打架，輸的大抵說：「我認得你的！」這是說，他將如伍子胥[6]一般，誓必復仇的意思。不過總是不來的居多，倘是智識分子呢，也許另用一些陰謀，但在粗人，往往這就是鬥爭的結局，說的是有口無心，聽的也不以為意，久成為打架收場的一種儀式了。

舊小說家也早已看穿了這局面，他寫暗娼和別人相爭，照例攻擊過別人的偷漢之後，就自序道：「老娘是指頭上站得人，臂膊上跑得馬……」[7]底下怎麼呢？他任別人去打折扣。他知道別人是絕不那麼糊塗，會十足相信的，但仍得這麼說，恰如賣假藥的，包紙上一定印著「存心欺世，雷殛火焚」一樣，成為一種儀式了。

但因時勢的不同，也有立刻自打折扣的。例如在廣告上，我們有時會看見自說「我是坐不改名，行不改姓的人」[8]，真要驀地發生一種好像見了《七俠五義》[9]中人物一般的敬意，但接著就是「縱令有時用其他筆名，但所發表文章，均自負責」，卻身子一扭，土行孫[10]似的不見了。予豈好「用其他筆名」哉？予不得已也。

上海原是中國的一部分，當然受著孔子的教化的。便是商家，櫃內的「不二價」的金字招牌也時時和屋外「大廉價」的大旗互相輝映，不過他總有一個緣故：

不是提倡國貨，就是紀念開張。

所以，自打折扣，也還是沒有打足的，凡「老上海」，必須再打它一下。

八月四日

【注釋】

1 本篇最初發表於一九三三年八月八日《申報・自由談》。

2 指曾今可。參看本書〈序的解放〉注7。

3 李白（七〇一—七六二），字太白，祖籍隴西成紀（今甘肅秦安），後遷居綿州昌隆（今四川江油），唐代詩人。他的詩豪放飄逸，有「詩仙」之稱。後代文人曾將他與下文提到的李長吉並論，如北宋宋祁等人就有「太白仙才，長吉鬼才」的說法（見《文獻通考・經籍六十九》）。

4 李賀（七九〇—八一六），字長吉，昌谷（今河南宜陽）人，唐代詩人。《新唐書・文藝傳》說他「為人纖瘦，通眉，長指爪」。他的詩想像豐富，詭異新奇。這裡引用的兩句，見他的《南園》十三首中的第七首，意思是說他要去學劍術。「猿公」典出《吳越春秋》卷九：越有處女，善劍術，應聘往見勾踐，途中遇一老翁，自稱袁公，要求和她比劍，結果兩力相敵，老翁飛上樹枝，化為白猿而去。

5 陸游（一一二五—一二一〇），字務觀，自號放翁，山陰（今浙江紹興）人，南宋詩人。他生活在外族入侵、國勢衰微的時代，詩詞慷慨激昂。這裡所引兩句，見他的《夜泊水村》一詩，意思是說他雖然年老，但也還可以到邊塞去驅逐敵人，並鼓勵他人對國事不要悲觀。「新亭」典出《世說新語・言語》：東晉初年，由北方逃到建康（今南京）的一批士大夫，有一天在新亭（在今南京市南）宴會，周顗（晉元帝時的尚書左僕射）想起西晉的首都洛陽，嘆息說：「風景不殊，正自有河山之異！」於是大家「皆相視流淚」。

6 伍子胥（前五五九－前四八四），名員，春秋時楚國人。楚平王殺了他的父親伍奢、哥哥伍尚，他出奔吳國，力謀復仇；後佐吳王闔廬（一作闔閭）伐楚，攻破楚國首都郢（在今湖北江陵），掘平王墓，鞭屍三百。

7 這兩句是小說《水滸》中人物潘金蓮所說的話，見該書第二十四回。原作「拳頭上立得人，胳膊上走得馬」。

8 此句與下文「縱令有時用其他筆名……」句，都是張資平在一九三三年七月六日上海《時事新報》刊登的啟事中的話，參看《偽自由書·後記》。

9 原名《三俠五義》，清代俠義小說，共一二〇回，署「石玉昆述」，一八七九年出版。十年後經俞樾改撰第一回並對全書作了修訂，改名為《七俠五義》。書中所敘人物，口頭常說「坐不改名，行不改姓」這一句話。

10 明代神魔小說《封神演義》中的人物，小說寫他善「地行之術」——「身子一扭，即時不見」。

踢[1]

豐之餘

兩月以前，曾經說過「推」，這回卻又來了「踢」。

本月九日《申報》載六日晚間，有漆匠劉明山，楊阿坤，顧洪生三人在法租界黃浦灘太古碼頭納涼，適另有數人在左近聚賭，由巡邏員警上前驅逐，而劉，顧兩人，竟被俄捕[2]弄到水裡去，劉明山竟淹死了。

由俄捕說，自然是「自行失足落水」[3]的。但據顧洪生供，卻道：「我與劉，楊三人，同至太古碼頭乘涼，劉坐鐵凳下地板上，……我立在旁邊，……俄捕來先踢劉一腳，劉已立起要避開，又被踢一腳，以致跌入浦中，我要拉救，已經不及，乃轉身拉住俄捕，亦被用手一推，我亦跌下浦中，經人救起的。」

推事[4]問：「為什麼要踢他？」

答曰：「不知。」

「推」還要抬一抬手，對付下等人是犯不著如此費事的，於是乎有「踢」。而上海也真有「踢」的專家，有印度巡捕，有安南巡捕，現在還添了白俄巡捕，他們將沙皇時代對猶太人的手段，到我們這裡來施展了。我們也真是善於「忍辱負重」的人民，只要不「落浦」，就大抵用一句滑稽化的話道：「吃了一隻外國火腿」，一笑了之。

苗民大敗之後，都往山裡跑，這是我們的先帝軒轅氏趕他的。南宋敗殘之餘，就往海邊跑，這據說也是我們的先帝成吉思汗趕他的，趕到臨了，就是陸秀夫[5]背著小皇帝，跳進海裡去。我們中國人，原是古來就要「自行失足落水」的。

有些慷慨家說，世界上只有水和空氣給與窮人。此說其實是不確的，窮人在實際上，那裡能夠得到和大家一樣的水和空氣。即使在碼頭上乘乘涼，也會無端被「踢」，送掉性命的：落浦。要救朋友，或拉住凶手罷，「也被用手一推」：也落浦。如果大家來相幫，那就有「反帝」的嫌疑了，「反帝」原未為中國所禁止的，然而要預防「反動分子乘機搗亂」，所以結果還是免不了「踢」和「推」，也就是終於是落浦。

時代在進步，輪船飛機，隨處皆是，假使南宋末代皇帝而生在今日，是決不至於落海的了，他可以跑到外國去，而小百姓以「落浦」代之。

這理由雖然簡單，卻也複雜，故漆匠顧洪生曰：「不知。」

八月十日

【注釋】

1 本篇最初發表於一九三三年八月十三日《申報．自由談》。

2 舊時帝國主義者在上海公共租界內雇傭白俄充當的警察。

3 一九三一年九一八事變後，全國各地學生為抗議政府的不抵抗主義，紛紛到南京請願，十二月十七日各地學生在南京舉行總示威，事後南京衛戍當局稱學生「為反動分子所利用」，學生是「失足落水」。

4 舊法院中審理刑事、民事案件的官員。

5 陸秀夫（一二三六－一二七九），字君實，鹽城（今屬江蘇）人，南宋大臣。一二七八年擁立宋度宗八歲的兒子趙昺為帝，任左丞相。祥興二年（一二七九），元兵破厓山（在廣東新會縣南大海中），他背負趙昺投海而死。

「中國文壇的悲觀」[1]

旅隼

文雅書生中也真有特別善於下淚的人物，說是因為近來中國文壇的混亂[2]，好像軍閥割據，便不禁「嗚呼」起來了，但尤其痛心誣陷。

其實是作文「藏之名山」的時代一去，而有一個「壇」，便不免有鬥爭，甚而至於謾罵，誣陷的。明末太遠，不必提了；清朝的章實齋和袁子才[3]，李蒓客和趙撝叔[4]，就如水火之不可調和；再近些，則有《民報》和《新民叢報》之爭[5]，《新青年》派和某某派之爭[6]，也都非常猛烈。當初又何嘗不使局外人搖頭嘆氣呢，然而勝負一明，時代漸遠，戰血為雨露洗得乾乾淨淨，後人便以為先前的文壇是太平了。

在外國也一樣，我們現在大抵只知道嚻俄和霍普德曼[7]是卓卓的文人，但當時他們的劇本開演的時候，就在戲場裡捉人，打架，較詳的文學史上，還載著打架之類的圖。所以，無論中外古今，文壇上是總歸有些混亂，使文雅書生看得要「悲觀」的。但也總歸有許多所謂文人和文章也者一定滅亡，只有配存在者終於存在，以證明文壇也總歸還是乾淨的處所。增加混亂的倒是有些悲觀論者，不施考察，不加批判，但用「彼亦一是非，此亦一是非」[8]的論調，將一切作者詆為「一丘之貉」。這樣子，擾亂是永遠不會收場的。

然而世間卻並不都這樣，一定會有明明白白的是非之別，我們試想一想，林琴南[9]攻擊文學革命的小說，為時並不久，現在那裡去了？

只有近來的誣陷，倒像是頗為出色的花樣，但其實也並不比古時候更厲害，證據是清初大興文字之獄[10]的遺聞。況且鬧這樣玩意的，其實並不完全是文人，十中之九，乃是掛了招牌，而無貨色，只好化為黑店，出賣人肉饅頭的小盜；即使其中偶然有曾經弄過筆墨的人，然而這時卻正是露出原形，在告白他自己的沒落，文壇絕不因此混亂，倒是反而越加清楚，越加分明起來了。

歷史絕不倒退，文壇是無須悲觀的。悲觀的由來，是在置身事外不辨是非，而偏要關心於文壇，或者竟是自己坐在沒落的營盤裡。

八月十日

【注釋】

1 本篇最初發表於一九三三年八月十四日《申報‧自由談》，原題《悲觀無用論》。

2 一九三三年八月九日《大晚報‧火炬》載小仲的《中國文壇的悲觀》一文，其中說：「中國近幾年來的文壇，處處都呈現著混亂，處處都是政治軍閥割據式的小縮影」，「文雅的書生，都變成猙獰面目的凶手」，「把不相干的帽子硬套在你的頭上，……直冤屈到你死！」並慨嘆道：「嗚呼！中國的文壇！」

3 章學誠（一七三八—一八〇一），字實齋，浙江會稽（今紹興）人，清代史學家。袁枚（一七一六—一七九八），字子才，浙江錢塘（今杭縣）人，清代詩人。袁枚死後，章學誠在《丁巳札記》內針對袁枚論詩主張性靈及收納女弟子的事，攻擊袁枚為「無恥妄人，以風流自命，蠱惑仕女」。此外，他又著有《婦學》、《婦學篇書後》、《書坊刻詩話後》等文，也都是攻擊袁枚的。

4 李慈銘（一八三〇—一八九四），字炁伯，號蒓客，浙江會稽人，清末文學家。趙之謙（一八二九—一八八四），字撝叔，浙江會稽人，清末書畫篆刻家。李慈銘在所著《越縵堂日記》中常稱趙之謙為「妄人」，攻擊趙之謙「亡賴險詐，素不知書」，「是鬼蜮之面而狗彘之心」。（見光緒五年十一月廿九日日記）

5 指清末同盟會機關報《民報》同梁啟超主辦的《新民叢報》關於民主革命和君主立憲的論爭。《民報》，月刊，一九〇五年十一月在日本東京創刊，一九〇八年冬被日本政府查禁，一九一〇年初在日本秘密印行兩期後停刊。《新民叢報》，半月刊，一九〇二年二月在日本橫濱創刊，一九〇七年冬停刊。

6 指《新青年》派和當時反對新文化運動的封建復古派進行的論爭。《新青年》，「五四」時期宣導新文化運動、傳播馬克思主義的重要綜合性月刊。一九一五年九月創刊於上海，由陳獨秀主編，第一卷名《青年雜誌》，第二卷起改名《新青年》。一九一八年一月起李大釗等參加該刊編輯工作，一九二二年七月休刊。

7 通譯雨果。參見本書〈詩和預言〉一文注8。一八三〇年二月二十五日，雨果的浪漫主義劇作《歐那尼》在巴黎法蘭西劇院上演時，擁護浪漫主義文學的人們同擁護古典主義文學的人們在劇院發生尖銳衝突，喝采聲和反對聲混成一片。

霍普德曼（G.Hauptmann，一八六二－一九四六），通譯霍普特曼，德國劇作家，著有劇本《織工》等。一八八九年十月二十日，霍普特曼的自然主義劇作《日出之前》在柏林自由劇院上演時，擁護者和反對者也在劇院發生尖銳衝突，歡呼聲和嘲笑聲相雜，一幕甚於一幕。

8 語見《莊子．齊物論》。

9 林紓（一八五二－一九二四），字琴南，福建閩侯（今屬福州）人，翻譯家。他曾據別人口述，以文言翻譯歐美文學作品一百多種，在當時影響很大，後集為《林譯小說》。他晚年是反對「五四」新文化運動的守舊派代表人物之一。他攻擊文學革命的小說，有《荊生》與《妖夢》（分別載於一九一九年二月十七日至十八日、三月十九日至二十三日上海《新申報》），前篇寫一個所謂「偉丈夫」荊生，將大罵孔丘、提倡白話者打罵了一頓；後篇寫一個所謂「羅睺羅阿修羅王」將「白話學堂」（影射北京大學）的校長、教務長吃掉等事。

10 清代厲行民族壓迫政策，曾不斷大興文字獄，企圖用嚴刑峻法來消除漢族人民的反抗和民族思想，著名大獄有康熙年間在莊廷鑨《明書》獄；雍正年間呂留良、曾靜獄；乾隆年間胡中藻《堅磨生詩鈔》獄等。

秋夜紀遊[1]

遊光

秋已經來了，炎熱也不比夏天小，當電燈替代了太陽的時候，我還是在馬路上漫遊。

危險？危險令人緊張，緊張令人覺到自己生命的力。在危險中漫遊，是很好的。

租界也還有悠閒的處所，是住宅區。但中等華人的窟穴卻是炎熱的，吃食擔，胡琴，麻將，留聲機，垃圾桶，光著的身子和腿。相宜的是高等華人或無等洋人住處的門外，寬大的馬路，碧綠的樹，淡色的窗幔，涼風，月光，然而也有狗子叫。

我生長農村中，愛聽狗子叫，深夜遠吠，聞之神怡，古人之所謂「犬聲如豹」[2]者就是。倘或偶經生疏的村外，一聲狂嗥，巨獒躍出，也給人一種緊張，如臨戰鬥，非常有趣的。

但可惜在這裡聽到的是吧兒狗。牠躲躲閃閃，叫得很脆：汪汪！

我不愛聽這一種叫。

我一面漫步，一面發出冷笑，因為我明白了使牠閉口的方法，是只要去和牠主子的管門人說幾句話，或者拋給牠一根肉骨頭。這兩件我還能的，但是我不做。

牠常常要汪汪。

我不愛聽這一種叫。

我一面漫步，一面發出惡笑了，因為我手裡拿著一粒石子，惡笑剛斂，就舉手一擲，正中了牠的鼻樑。

嗚的一聲，牠不見了。我漫步著，漫步著，在少有的寂寞裡。

秋已經來了，我還是漫步著。叫呢，也還是有的，然而更加躲躲閃閃了，聲音也和先前不同，距離也隔得遠了，連鼻子都看不見。

我不再冷笑，不再惡笑了，我漫步著，一面舒服的聽著牠那很脆的聲音。

八月十四日

【注釋】

1 本篇最初發表於一九三三年八月十六日《申報·自由談》。

2 語出唐代王維《山中與裴秀才迪書》，原作「深巷寒犬，吠聲如豹」。

「揩油」[1]

葦索

「揩油」，是說明著奴才的品行全部的。

這不是「取回扣」或「取傭錢」，因為這是一種秘密；但也不是偷竊，因為在原則上，所取的實在是微乎其微。因此也不能說是「分肥」；至多，或者可以謂之「舞弊」罷。然而這又是光明正大的「舞弊」，因為所取的是豪家，富翁，闊人，洋商的東西，而且所取又不過一點點，恰如從油水汪洋的處所，揩了一下，於人無損，於揩者卻有益的，並且也不失為損富濟貧的正道。設法向婦女調笑幾句，或乘機摸一下，也謂之「揩油」，這雖然不及對於金錢的名正言順，但無大損於被揩者則一也。

表現得最分明的是電車上的賣票人。純熟之後，他一面留心著可揩的客人，一面留心著突來的查票，眼光都練得像老鼠和老鷹的混合物一樣。付錢而不給票，客人本該索取的，然而很難索取，也很少見有人索取，因為他所指的是洋商的油[2]，同是中國人，當然有幫忙的義務，一索取，就變成幫助洋商了。這時候，不但賣票人要報你憎惡的眼光，連同車的客人也往往不免顯出以為你不識時務的臉色。

然而彼一時，此一時，如果三等客中有時偶缺一個銅元，你卻只好在目的地以前下車，這時他就不肯通融，變成洋商的忠僕了。

在上海，如果同巡捕，門丁，西崽之類閒談起來，他們大抵是憎惡洋鬼子的，他們多是愛國主義者。然而他們也像洋鬼子一樣，看不起中國人，棍棒和拳頭和輕蔑的眼光，專注在中國人的身上。

「揩油」的生活有福了。這手段將更加展開，這品格將變成高尚，這行為將認為正當，這將算是國民的本領，和對於帝國主義的復仇。打開天窗說亮話，其實，所謂「高等華人」也者，也何嘗逃得出這模子。

但是，也如「吃白相飯」朋友那樣，賣票人是還有他的道德的。倘被查票人查出他收錢而不給票來了，他就默然認罰，絕不說沒有收過錢，將罪案推到客人身上去。

八月十四日

【注釋】

1 本篇最初發表於一九三三年八月十七日《申報・自由談》。

2 解放前，上海租界內的電車是分別由英商和法商投資的兩個電車公司經營的。

我們怎樣教育兒童的？[1]

旅隼

看見了講到「孔乙己」[2]，就想起中國一向怎樣教育兒童來。

現在自然是各式各樣的教科書，但在村塾裡也還有《三字經》和《百家姓》[3]。清朝末年，有些人讀的是「天子重英豪，文章教爾曹，萬般皆下品，惟有讀書高」的《神童詩》[4]，誇著「讀書人」的光榮；有些人讀的是「混沌初開，乾坤始奠，輕清者上浮而為天，重濁者下凝而為地」的《幼學瓊林》[5]，教著做古文的濫調。再上去我可不知道了，但聽說，唐末宋初用過《太公家教》[6]，久已失傳，後來才從敦煌石窟中發現，而在漢朝，是讀《急就篇》[7]之類的。

就是所謂「教科書」，在近三十年中，真不知變化了多少。忽而這麼說，忽而那麼說，今天是這樣的宗旨，明天又是那樣的主張，不加「教育」則已，一加「教育」，就從學校裡造成了許多矛盾衝突的人，而且因為舊的社會關係，一面也還是「混沌初開，乾坤始奠」的老古董。

中國要作家，要「文豪」，但也要真正的學究。倘有人作一部歷史，將中國歷來教育兒童的方法，用書，作一個明確的記錄，給人明白我們的古人以至我們，是怎樣的被薰陶下來的，則其功德，當不在禹（雖然他也許不過是一條蟲）下[8]。

《自由談》的投稿者，常有博古通今的人，我以為對於這工作，是很有勝任者在的。不知亦有有意於此者乎？現在提出這問題，蓋亦知易行難，遂只得空口說白話，而望墾闢於健者也。

八月十四日

【注釋】

1 本篇最初發表於一九三三年八月十八日《申報·自由談》。

2 指陳子展所作《再談孔乙己》一文，內容是關於舊時書塾中教學生習字用的描紅語訣「上大人，丘（孔）乙己……」的考證和解釋，載一九三三年八月十四日《申報·自由談》。

3 相傳為南宋王應麟（一說宋末元初人區適子）作。《百家姓》，相傳為宋代初年人作。都是舊時書塾中所用的識字課本。

4 舊時書塾中初級讀物的一種，相傳為北宋汪洙作。這裡所引的是該書開頭幾句。

5 舊時學童初級讀物，清代程允升等編著。內容係雜集關於天文、人倫、器用、技藝……的多種成語典故而成，全都是駢文。這裡所引的第三四句，原文作：「氣之輕清，上浮者為天；氣之重濁，下凝者為地。」

6 舊時學童初級讀物，作者不詳。太公即曾祖或高祖。此書在唐宋時頗流行，後失傳，清光緒末年在敦煌鳴沙山石室中發現寫本一卷，有羅振玉《鳴沙石室古佚書》影印本。

7 一名《急就章》，舊時學意識字讀物，西漢史游撰。有唐代顏師古及王應麟注。內容大抵按姓名、衣服、飲食、器用等分類編成韻語，多數為七字一句。

8 是唐代韓愈在《與孟尚書書》中稱讚孟軻的話：「然向無孟氏，則皆服左衽而言侏離矣。故愈嘗推尊孟氏，以為功不在禹下者為此也。」

9 禹是一條蟲，是顧頡剛在一九二三年討論古史的文章中提出的看法，他對禹做考證時，曾以《說文解字》訓「禹」為蟲作根據，提出禹是「蜥蜴之類」的「蟲」的推斷。（見《古史辨》第一冊六十三頁）。禹，是我國古代的治水英雄，夏朝的建立者。

為翻譯辯護[1]

洛文

今年是圍剿翻譯的年頭。

或曰「硬譯」，或曰「亂譯」，或曰「聽說現在有許多翻譯家……翻開第一行就譯，對於原作的理解，更無從談起」，所以令人看得「不知所云」[2]。

這種現象，在翻譯界確是不少的，那病根就在「搶先」。中國人原是喜歡「搶先」的人民，上落電車，買火車票，寄掛號信，都願意是一到便是第一個。翻譯者當然也逃不出這例子的。而書店和讀者，實在也沒有容納同一原本的兩種譯本的雅量和物力，只要已有一種譯稿，別一譯本就沒有書店肯接收出版了，據說是已經有了，怕再沒有人要買。

舉一個例在這裡：現在已經成了古典的達爾文[3]的《物種由來》，日本有兩種翻譯本，先出的一種頗多錯誤，後出的一本是好的。中國只有一種馬君武[4]博士的翻譯，而他所根據的卻是日本的壞譯本，實有另譯的必要。然而那裡還會有書店肯出版呢？除非譯者同時是富翁，他來自己印。不過如果是富翁，他就去打算盤，再也不來弄什麼翻譯了。

還有一層，是中國的流行，實在也過去得太快，一種學問或文藝介紹進中國來，多則一年，少則半年，大抵就煙消火滅。靠翻譯為生的翻譯家，如果精心作意，推敲起來，則到他脫稿時，社會上早已無人過問。

中國大嚷過托爾斯泰，屠格納夫，後來又大嚷過辛克萊[5]，但他們的選集卻一部也沒有。去年雖然還有以郭沫若[6]先生的盛名，幸而出版的《戰爭與和平》，但恐怕仍不足以挽回讀書和出版界的惰氣，勢必至於讀者也厭倦，譯者也厭倦，出版者也厭倦，歸根結蒂是不會完結的。

翻譯的不行，大半的責任固然該在翻譯家，但讀書界和出版界，尤其是批評家，也應該分負若干的責任。要救治這頹運，必須有正確的批評，指出壞的，獎勵好的，倘沒有，則較好的也可以。然而這怎麼能呢；指摘壞翻譯，對於無拳無勇的譯者是不要緊的，倘若觸犯了別有來歷的人，他就會給你帶上一頂紅帽子，簡直要你的性命。這現象，就使批評家也不得不含糊了。

此外，現在最普通的對於翻譯的不滿，是說看了幾十行也還是不能懂。但這是應該加以區別的。倘是康德[7]的《純粹理性批判》那樣的書，則即使德國人來看原文，他如果並非一個專家，也還是一時不能看懂。自然，「翻開第一行就譯」的譯者，是太不負責任了，然而漫無區別，要無論什麼譯本都翻開第一行就懂的讀者，卻也未免太不負責任了。

八月十四日

【注釋】

1 本篇最初發表於一九三三年八月二十日《申報．自由談》。

2 見一九三三年七月三十一日《申報．自由談》載林翼之〈「翻譯」與「編述」〉，文中說：「許多在那兒幹硬譯亂譯工作的人，如果改行來做改頭換面的編述工作，是否勝任得了？……聽說現在有許多翻譯家，連把原作從頭到尾瞧一遍的工夫也沒有，翻開第一行就譯，對於原作的理解，更無從談起。」又同年八月十三日《自由談》載有大聖《關於翻譯的話》，文中說：「目前我們的出版界的大部分的譯品太糟得令人不敢領教了，無論是那一類譯品，往往看了三四頁，還是不知所云。」

3 達爾文（C.R.Darwin，一八〇九－一八八二），英國生物學家，進化論的奠基人。他的《物種起源》（一譯《物種由來》）一書，於一八五九年出版，是奠定生物進化理論基礎的重要著作。

4 馬君武（一八八二－一九三九），名和，廣西桂林人。初留學日本，參加同盟會，後去德國，獲柏林大學工學博士學位。曾任孫中山臨時政府實業部次長及上海中國公學、廣西大學校長等職。他翻譯的達爾文的《物種由來》，譯名《物種原始》，一九二〇年中華書局出版。

5 托爾斯泰（一八二八—一九一〇），俄國作家，著有長篇小說《戰爭與和平》、《安娜·卡列尼娜》、《復活》等。

屠格納夫（一八一八—一八八三），通譯屠格涅夫，俄國作家，著有長篇小說《羅亭》、《父與子》等。

辛克萊（一八七八—一九六八），美國作家，著有長篇小說《屠場》、《石炭王》等。

6 郭沫若（一八九二—一九七八），四川樂山人。創造社主要成員，文學家、歷史學家和社會活動家。著有詩集《女神》、歷史劇《屈原》、歷史論文集《奴隸制時代》等。他譯的托爾斯泰的《戰爭與和平》，於一九三一年至一九三三年間由上海文藝書局出版，共三冊（未完）。

7 康德（I.Kane，一七二四—一八〇四），德國哲學家。他的《純粹理性批判》一書，出版於一七八一年。

爬和撞[1]

苟繼

從前梁實秋教授曾經說過：窮人總是要爬，往上爬，爬到富翁的地位[2]。不但窮人，奴隸也是要爬的，有了爬得上的機會，連奴隸也會覺得自己是神仙，天下自然太平了。

雖然爬得上的很少，然而個個以為這正是他自己。這樣自然都安分的去耕田，種地，揀大糞或是坐冷板凳，克勤克儉，背著苦惱的命運，和自然奮鬥著，拚命的爬，爬，爬。可是爬的人那麼多，而路只有一條，十分擁擠。老實的照著章程規規矩矩的爬，大都是爬不上去的。聰明人就會推，把別人推開，推倒，踏在腳底下，踹著他們的肩膀和頭頂，爬上去了。大多數人卻還只是爬，認定自己的冤家並不在上面，而只在旁邊——是那些一同在爬的人。他們大都忍耐著一切，兩腳兩手都著地，一步步的挨上去又擠下來，擠下來又挨上去，沒有休止的。

然而爬的人太多，爬得上的太少，失望也會漸漸的侵蝕善良的人心，至少，也會發生跪著的革命。於是爬之外，又發明了撞。

這是明知道你太辛苦了，想從地上站起來，所以在你的背後猛然的叫一聲：撞罷。一個個發麻的腿還在抖著，就撞過去。這比爬要輕鬆得多，手也不必用力，膝蓋也不必移動，只要橫著身子，晃一晃，就撞過去。撞得好就是五十萬元大洋[3]，妻，財，子，祿都有了。撞不好，至多不過跌一跤，倒在地下。那又算得什麼呢，——他原本是伏在地上的，他仍舊可以爬。何況有些人不過撞著玩罷了，根本就不怕跌跤的。

爬是自古有之。例如從童生到狀元，從小癟三到康白度[4]。撞卻似乎是近代的發明。要考據起來，恐怕只有古時候「小姐拋彩球」[5]有點像給人撞的辦法。小姐的彩球將要拋下來的時候，——一個個想吃天鵝肉的男子漢仰著頭，張著嘴，饞涎拖得幾尺長……可惜，古人究竟呆笨，沒有要這些男子漢拿出幾個本錢來，否則，也一定可以收著幾萬萬的。

爬得上的機會越少，願意撞的人就越多，那些早已爬在上面的人們，就天天替你們製造撞的機會，叫你們花些小本錢，而預約著你們名利雙收的神仙生活。所以撞得好的機會，雖然比爬得上的還要少得多，而大家都願意來試試的。這樣，爬了來撞，撞不著再爬……鞠躬盡瘁，死而後已。

八月十六日

【注釋】

1 本篇最初發表於一九三三年八月二十三日《申報・自由談》。

2 梁實秋在一九二九年九月《新月》月刊第二卷第六、七號合刊發表《文學是有階級性的嗎？》一文，其中有這樣的話：「一個無產者假如他是有出息的，只消辛辛苦苦誠誠實實的工作一生，多少必定可以得到相當的資產。」參看《二心集・「硬譯」與「文學的階級性」》。

3 當時國民黨政府發行的「航空公路建設獎券」，頭等獎為五十萬元。

4 英語 Comprador 的音譯，即買辦。

5 舊小說戲曲中描述的官僚貴族小姐招親的一種方式，小姐拋出彩球，落在哪個男子身上，就嫁給他為妻。

各種捐班[1]

洛文

清朝的中葉，要做官可以捐，叫做「捐班」的便是這一夥。財主少爺吃得油頭光臉，忽而忙了幾天，頭上就有一粒水晶頂，有時還加上一枝藍翎[2]，滿口官話，說是「今天天氣好」了。

到得民國，官總算說是沒有了捐班，然而捐班之途，實際上倒是開展了起來，連「學士文人」也可以由此弄得到頂戴。開宗明義第一章，自然是要有錢。只要有錢，就什麼都容易辦了。譬如，要捐學者罷，那就收買一批古董，結識幾個清客，並且雇幾個工人，拓出古董上面的花紋和文字，用玻璃板印成一部書，名之曰「什麼集古錄」或「什麼考古錄」。

李富孫[3]做過一部《金石學錄》，是專載研究金石[4]的人們的，然而這倒成了「作俑」[5]，使清客們可以一續再續，並且推而廣之，連收藏古董，販賣古董的少爺和商人，也都一榻括子[6]的收進去了，這就叫作「金石家」。

捐做「文學家」也用不著什麼新花樣。只要開一間書店，拉幾個作家，雇一些幫閒，出一種小報，「今天天氣好」是也須會說的，就寫了出來，印了上去，交給報販，不消一年半載，包管成功。但是，古董的花紋和文字的拓片是不能用的了，應該代以電影明星和摩登女子的照片，因為這才是新時代的美術。「愛美」的人物在中國還多得很，而「文學家」或「藝術家」也就這樣的起來了。

捐官可以希望刮地皮，但捐學者文人也不會折本。印刷品固然可以賣現錢，古董將來也會有洋鬼子肯出大價的。這又叫作「名利雙收」。不過先要能「投資」，所以平常人做不到，要不然，文人學士也就不大值錢了。

而現在還值錢，所以也還會有人忙著做人名辭典，造文藝史，出作家論，編自傳。我想，倘作歷史的著作，是應該像將文人分為羅曼派，古典派一樣，另外分出一種「捐班」派來的，歷史要「真」，招些忌恨也只好硬挺，是不是？

八月二十四日

【注釋】

1 本篇最初發表於一九三三年八月二十六日《申報．自由談》。

2 水晶頂、藍翎都是清代用以區別官員等級的帽飾。五品官禮帽上用亮白色水晶頂。帽後又分別垂戴孔雀翎（五品以上）或鶡羽藍翎（六品以下）。富家子弟也可以因捐官而得到這種「頂戴」。

3 李富孫（一七六四－一八四三），字薌沚，清代嘉興人。著有《金石學錄》、《漢魏六朝墓銘纂例》等書。

4 這裡金指銅器，石指石碑等，古代常在這些東西上面鑄字或刻字以記事，故稱這類歷史文物為金石。

5 《孟子．梁惠王》：「仲尼曰：『始作俑者，其無後乎！』」後來即稱開頭做壞事為「作俑」。俑，古代殉葬用的木偶或泥人。

6 上海話，統統、全盤的意思。

四庫全書珍本[1]

豐之餘

現在除兵爭，政爭等類之外，還有一種倘非閒人，就不大注意的影印《四庫全書》中的「珍本」之爭[2]。官商要照原式，及早印成，學界卻以為庫本有刪改，有錯誤，如果有別本可得，就應該用別的「善本」來替代。

但是，學界的主張，是不會通過的，結果總非依照《欽定四庫全書》不可。這理由很分明，就因為要趕快。四省不見，九島出脫[3]，不說也罷，單是黃河的出軌[4]舉動，也就令人覺得岌岌乎不可終日，要做生意就得趕快。況且「欽定」二字，至今也還有一點威光，「御醫」「貢緞」，就是與眾不同的意思。

便是早已共和了的法國，拿破崙[5]的藏書在拍賣場上還是比平民的藏書值錢；歐洲的有些著名的「支那學者」，講中國就會引用《欽定圖書集成》[6]，這是中國的考據家所不肯玩的玩藝。但是，也可見印了「欽定」過的「珍本」，在外國，生意總可以比「善本」好一些。

即使在中國，恐怕生意也還是「珍本」好。因為這可以做擺飾，而「善本」卻不過能合於實用。能買這樣的書的，絕非窮措大也可想，則買去之後，必將供在客廳上也亦可知。這類的買主，會買一個商周的古鼎，擺起來；不得已時，也許買一個假古鼎，擺起來；但他絕不肯買一個沙鍋或鐵鑊，擺在紫檀桌子上。因為他的目的是在「珍」而並不在「善」，更不在是否能合於實用的。

明末人好名，刻古書也是一種風氣，然而往往自己看不懂，以為錯字，隨手亂改。不改尚可，一改，可就反而改錯了，所以使後來的考據家為之搖頭嘆氣，說是「明人好刻古書而古書亡」[7]。這回的《四庫全書》中的「珍本」是影印的，絕無改錯的弊病，然而那原本就有無意的錯字，有故意的刪改，並且因為新本的流布，更能使善本湮沒下去，將來的認真的讀者如果偶爾得到這樣的本子，恐怕總免不了要有搖頭嘆氣第二回。

然而結果總非依照《欽定四庫全書》不可。因為「將來」的事，和現在的官商是不相干了。

八月二十四日

【注釋】

1 本篇最初發表於一九三三年八月三十一日《申報·自由談》。

2 《四庫全書》是清乾隆下令編纂的一部叢書，分經、史、子、集四部，收書三千餘種。為了維護清政權的封建統治，有些書曾被抽毀或竄改。一九三三年六月，國民黨政府教育部令當時中央圖書館籌備處和商務印書館訂立合同，影印北京故宮博物院所藏的文淵閣本《四庫全書》未刊本；北京圖書館館長蔡元培則主張採用舊刻或舊抄本，以代替經四庫全書館館臣竄改過的庫本，藏書家傅增湘、李盛鐸和學術界陳垣、劉復等人，也與蔡元培主張相同，但為教育部長王世杰所反對，當時商務印書館編譯所所長張元濟，也主張照印庫本。結果商務印書館仍依國民黨官方意見，於一九三四年至一九三五年刊行《四庫全書珍本初集》，選書二百三十一種。

3 一九三一年九一八事變後，日本帝國主義先後侵佔我國東北遼寧、吉林、黑龍江、熱河四省。九島出脱，九一八事變後，法國殖民主義者趁機提出吞併我國領土西沙群島和南沙群島的無理要求，並於一九三三年侵佔了中國南沙群島的九個島嶼。對此，中國人民群起抗議，當時中國政府也通過外交途徑向法國當局提出了嚴正交涉。

4 指一九三三年七月黃河決口，河北、河南、山東、陝西、安徽以至江蘇北部，都氾濫成災。

5 拿破崙（Napoléon Bonaparte，一七六九—一八二一）法國軍事家、政治家，法蘭西第一帝國皇帝。拿破崙藏書很多，死後其藏書輾轉易主，一九三一年曾有一部分被人運往柏林，準備拍賣，後由法國政府設法運回巴黎。

6 即《古今圖書集成》，我國大型類書之一。清康熙、雍正時命陳夢雷、蔣廷錫等先後編纂，於雍正三年（一七二五）完成。全書共分曆象、方輿、明倫、博物、理學、經濟六編，總計凡一萬卷。

7 清代陸心源《儀顧堂題跋》卷一《六經雅言圖辨跋》中，對明人妄改亂刻古書，說過這樣的話：「明人書帕本，大抵如是，所謂刻書而書亡者也。」

新秋雜識[1]

旅隼

門外的有限的一方泥地上，有兩隊螞蟻在打仗。

童話作家愛羅先珂[2]的名字，現在是已經從讀者的記憶上漸漸淡下去了，此時我卻記起了他的一種奇異的憂愁。他在北京時，曾經認真的告訴我說：我害怕，不知道將來會不會有人發明一種方法，只要怎麼一來，就能使人們都成為打仗的機器的。

其實是這方法早經發明了，不過較為煩難，不能「怎麼一來」就完事。我們只要看外國為兒童而作的書籍，玩具，常常以指教武器為大宗，就知道這正是製造打仗機器的設備，製造是必須從天真爛漫的孩子們入手的。

不但人們，連昆蟲也知道。螞蟻中有一種武士蟻，自己不造窠，不求食，一生的事業，是專在攻擊別種螞蟻，掠取幼蟲，使成奴隸，給牠服役的。但奇怪的是牠絕不掠取成蟲，因為已經難施教化。牠所掠取的一定只限於幼蟲和蛹，使在盜窟裡長大，毫不記得先前，永遠是愚忠的奴隸，不但服役，每當武士蟻出去劫掠的時候，牠還跟在一起，幫著搬運那些被侵略的同族的幼蟲和蛹去了。

但在人類，卻不能這麼簡單的造成一律。這就是人之所以為「萬物之靈」。

然而製造者也絕不放手。孩子長大，不但失掉天真，還變得呆頭呆腦，是我們時時看見的。經濟的凋敝，使出版界不肯印行大部的學術文藝書籍，不是教科書，便是兒童書，黃河決口似的向孩子們滾過去。但那裡面講的是什麼呢？要將我們的孩子們造成什麼東西呢？卻還沒有看見戰鬥的批評家論及，似乎已經不大有人注意將來了。

反戰會議[3]的消息不很在日報上看到，可見打仗也還是中國人的嗜好，給它一個冷淡，正是違反了我們的嗜好的證明。自然，仗是要打的，跟著武士蟻去搬運敗者的幼蟲，也還不失為一種為奴的勝利。但是，人究竟是「萬物之靈」，這樣那裡能就夠。仗自然是要打的，要打掉製造打仗機器的蟻塚，打掉毒害小兒的藥餌，打掉陷沒將來的陰謀：這才是人的戰士的任務。

八月二十八日

【注釋】

1 本篇最初發表於一九三三年九月二日《申報．自由談》。

2 愛羅先珂（一八八九－一九五二），俄國詩人和童話作家。童年時因病雙目失明。一九二一年至一九二三年曾來中國，與魯迅結識，魯迅譯過他的作品《桃色的雲》、《愛羅先珂童話集》等。

3 指世界反對帝國主義戰爭委員會於一九三三年九月在上海召開的遠東會議。這次會議討論了反對日本帝國主義侵略中國和爭取國際和平等問題。英國馬萊爵士、法國作家和《人道報》主筆伐揚－古久里及宋慶齡等都出席了這次會議，魯迅被推為主席團名譽主席。在會議籌備期間，魯迅曾盡力支持和給以經濟上的幫助。在一九三四年十二月魯迅覆蕭軍的一封信中曾說：「會（按指反戰會議）是開成的，費了許多力；各種消息，報上都不肯登，所以在中國很少人知道。結果並不算壞，各代表回國後都有報告，使世界上更明瞭了中國的實情。我加入的。」

幫閒法發隱[1]

桃椎

吉開迦爾[2]是丹麥的憂鬱的人，他的作品，總是帶著悲憤。不過其中也有很有趣味的，我看見了這樣的幾句——

「戲場裡失了火。丑角站在戲臺前，來通知了看客。大家以為這是丑角的笑話，喝采了。丑角又通知說是火災。但大家越加哄笑，喝采了。我想，人世是要完結在當作笑話的開心的人們的大家歡迎之中的罷。」

不過我所以覺得有趣的，並不專在本文，是在由此想到了幫閒們的伎倆。幫閒，在忙的時候就是幫忙，倘若主子忙於行凶作惡，那自然也就是幫凶。但他的幫法，是在血案中而沒有血跡，也沒有血腥氣的。

譬如罷，有一件事，是要緊的，大家原也覺得要緊，他就以丑角身分而出現了，將這件事變為滑稽，或者特別張揚了不關緊要之點，將人們的注意拉開去，這就是所謂「打諢」。如果是殺人，他就來講當場的情形，偵探的努力；死的是女人呢，那就更好了，名之曰「豔屍」，或介紹她的日記。如果是暗殺，他就來講死者的生前的故事，戀愛呀，遺聞呀……人們的熱情原不是永不弛緩的，但加上些冷水，或者美其名曰清茶，自然就冷得更加迅速了，而這位打諢的腳色，卻變成了文學者。

假如有一個人，認真的在告警，於凶手當然是有害的，只要大家還沒有殭死。但這時他就又以丑角身分而出現了，仍用打諢，從旁裝著鬼臉，使告警者在大家的眼裡也化為丑角，使他的警告在大家的耳邊都化為笑話。聳肩裝窮，以表現對方之闊，卑躬嘆氣，以暗示對方之傲；使大家心裡想：這告警者原來都是虛偽的。幸而幫閒們還多是男人，否則它簡直會說告警者曾經怎樣調戲它，當眾羅列淫辭，然後作自殺以明恥之狀也說不定。周圍搗著鬼，無論如何嚴肅的說法也要減少力量的，而不利於凶手的事情卻就在這疑心和笑聲中完結了。它呢？這回它倒是道德家。

當沒有這樣的事件時，那就七日一報，十日一談，收羅廢料，裝進讀者的腦子裡去，看過一年半載，就滿腦都是某闊人如何摸牌，某明星如何打嚏的典故。開心是自然也開心的。但是，人世卻也要完結在這些歡迎開心的開心的人們之中的罷。

八月二十八日

【注釋】

1 本篇最初發表於一九三三年九月五日《申報・自由談》。

2 吉開迦爾（S.A.Kierkegaard，一八一三－一八五五），通譯克爾凱郭爾，丹麥哲學家。下面引文見於他的《非此即彼》一書的《序幕》。原書注解説，一八三六年二月十四日在彼得堡確實發生過這樣的事。（按魯迅這段引文是根據日本宮原晃一郎譯克爾凱郭爾《憂愁的哲理》一書。）

登龍術拾遺[1]

葦索

章克標[2]先生做過一部《文壇登龍術》，因為是預約的，而自己總是悠悠忽忽，竟失去了拜誦的幸運，只在《論語》[3]上見過廣告，解題和後記。但是，這真不知是那裡來的「煙士披里純」[4]，解題的開頭第一段，就有了絕妙的名文——

「登龍是可以當作乘龍解的，於是登龍術便成了乘龍的技術，那是和騎馬駕車相類似的東西了。但平常乘龍就是女婿的意思，文壇似非女性，也不致於會要招女婿，那麼這樣解釋似乎也有引起別人誤會的危險。……」

確實，查看廣告上的目錄，並沒有「做女婿」這一門，然而這卻不能不說是「智者千慮」[5]的一失，似乎該有一點增補才好，因為文壇雖然「不致於會要招女婿」，但女婿卻是會要上文壇的。

術曰：要登文壇，須闊太太[6]，遺產必需，官司莫怕。窮小子想爬上文壇去，有時雖然會僥倖，終究是很費力氣的；做些隨筆或茶話之類，或者也能夠撈幾文錢，但究竟隨人俯仰。最好是有富岳家，有闊太太，用陪嫁錢，作文學資本，笑罵隨他笑罵，惡作我自印之。「作品」一出，頭銜自來，贅婿雖能被婦家所輕，但一登文壇，即聲價十倍，太太也就高興，不至於自打麻將，連眼梢也一動不動了，這就是「交相為用」。

但其為文人也，又必須是唯美派，試看王爾德[7]遺照，盤花鈕扣，鑲牙手杖，何等漂亮，人見猶憐，而況令閫[8]。可惜他的太太不行，以至濫交頑童，窮死異國，假如有錢，何至於此。

所以倘欲登龍，也要乘龍，「書中自有黃金屋」[9]，早成古話，現在是「金中自有文學家」當令了。

但也可以從文壇上去做女婿。其術是時時留心，尋一個家裡有些錢，而自己能寫幾句「啊呀呀，我悲哀呀」的女士，做文章登報，尊之為「女詩人」[10]。待到看得她有了「知己之感」，就照電影上那樣的屈一膝跪下，說道「我的生命呵，阿呀呀，我悲哀呀！」——則由登龍而乘龍，又由乘龍而更登龍，十分美滿。然而富女詩人未必一定愛窮男文士，所以要有把握也很難，這一法，在這裡只算是《登龍術拾遺》的附錄，請勿輕用為幸。

八月二十八日

【注釋】

1 本篇最初發表於一九三三年九月一日《申報·自由談》。

2 章克標，浙江海寧人。他的《文壇登龍術》，是一部以輕浮無聊的態度，敍述當時部分文人種種投機取巧手段的書，一九三三年五月出版。

3 文藝性半月刊，林語堂等編，一九三二年九月在上海創刊，一九三七年八月停刊。該刊第十九期（一九三三年六月十六日）曾刊載《文壇登龍術》的《解題》和《後記》，第二十三期（一九三三年八月十六日）又刊載該書的廣告及目錄。

4 英語 Inspiration 的音譯，意為靈感。

5 語出《史記·淮陰侯列傳》：「智者千慮必有一失，愚者千慮必有一得」。

6 這是對邵洵美等人的諷刺。邵娶清末人買辦官僚、百萬富豪盛宣懷之孫女為妻，曾出資自辦書店和編印刊物。

7 王爾德（O.Wilde，一八五六－一九〇〇），英國唯美派作家。著有童話《快樂王子集》、劇本《莎樂美》、《溫德米爾夫人的扇子》等。曾因不道德罪（同性戀，即文中說的「濫交頑童」）入獄，後流落巴黎，窮困而死。

8 南朝宋虞通之《妒記》記晉代桓溫以李勢女為妾，桓妻性凶妒，知此事後，拔刀率領婢女數十人前往殺李，但在會見之後，卻為李的容貌言辭所動，乃擲刀說：「阿姊見汝，不能不憐，何況老奴！」（據魯迅輯《古小說鉤沈》本）這兩句即從此改變而來。閫，門檻，古代婦女居住的內室也稱為閫，所以又用作婦女的代稱。令閫，即「尊夫人」的意思。

9 語見《勸學文》（相傳為宋真宗趙恒作）。

10 當時上海大買辦虞洽卿的孫女虞岫雲，在一九三二年以虞琰的筆名出版詩集《湖風》，內容充滿「痛啊」、「悲愁」等無病呻吟之詞。一些無聊的雜誌和小報曾加以吹捧，如曾今可就寫過《女詩人虞岫雲訪問記》。

由聾而啞[1]

洛文

醫生告訴我們：有許多啞子，是並非喉舌不能說話的，只因為從小就耳朵聾，聽不見大人的言語，無可師法，就以為誰也不過張著口嗚嗚啞啞，他自然也只好嗚嗚啞啞了。所以勃蘭兌斯[2]嘆丹麥文學的衰微時，曾經說：文學的創作，幾乎完全死滅了。人間的或社會的無論怎樣的問題，都不能提起感興，或則除在新聞和雜誌之外，絕不能惹起一點論爭。我們看不見強烈的獨創的創作。加以對於獲得外國的精神生活的事，現在幾乎絕對的不加顧及。於是精神上的「聾」，那結果，就也招致了「啞」來。（《十九世紀文學的主潮》第一卷自序）

這幾句話，也可以移來批評中國的文藝界，這現象，並不能全歸罪於壓迫者的壓迫，五四運動時代的啟蒙運動者和以後的反對者，都應該分負責任的。前者急於事功，竟沒有譯出什麼有價值的書籍來，後者則故意遷怒，至罵翻譯者為媒婆[3]，有些青年更推波助瀾，有一時期，還至於連人地名下注一原文，以便讀者參考時，也就詆之曰「墟學」。

今竟何如？三開間店面的書鋪，四馬路上還不算少，但那裡面滿架是薄薄的小本子，倘要尋一部巨冊，真如披沙揀金之難。自然，生得又高又胖並不就是偉人，做得多而且繁也絕不就是名著，而況還有「剪貼」。但是，小小的一本「什麼ABC[4]」裡，卻也決不能包羅一切學術文藝的。一道濁流，固然不如一杯清水的乾淨而澄明，但蒸餾了濁流的一部分，卻就有許多杯淨水在。

因為多年買空賣空的結果，文界就荒涼了，文章的形式雖然比較的整齊起來，戰鬥的精神卻較前有退無進。文人雖因捐班或互捧，很快的成名，但為了出力的吹，殼子大了，裡面反顯得更加空洞。於是誤認這空虛為寂寞，像煞有介事的說給讀者們；其甚者還至於擺出他心的腐爛來，算是一種內面的寶貝。

散文，在文苑中算是成功的，但試看今年的選本，便是前三名，也即令人有「貂不足，狗尾續」[5]之感。用秕穀來養青年，是絕不會壯大的，將來的成就，且要更渺小，那模樣，可看尼采[6]所描寫的「末人」。

但紹介國外思潮，翻譯世界名作，凡是運輸精神的糧食的航路，現在幾乎都被聾啞的製造者們堵塞了，連洋人走狗，富戶贅郎，也會來哼哼的冷笑一下。他們要掩住青年的耳朵，使之由聾而啞，枯涸渺小，成為「末人」，非弄到大家只能看富家兒和小癟三所賣的春宮，不肯罷手。甘為泥土的作者和譯者的奮鬥，是已經到了萬不可緩的時候了，這就是竭力運輸些切實的精神的糧食，放在青年們的周圍，一面將那些聾啞的製造者送回黑洞和朱門裡面去。

八月二十九日

【注釋】

1 本篇最初發表於一九三三年九月八日《申報・自由談》。

2 勃蘭兌斯（G.Brandes，一八四二—一九二七），丹麥文學批評家。他的主要著作《十九世紀文學的主潮》，共六卷，出版於一八七二年至一八九〇年。

3 一九二一年二月，郭沫若在《民鐸》雜誌第二卷第五號發表致李石岑函，其中有這樣的話：「我覺得國內人士只注重媒婆，而不注重處子；只注重翻譯，而不注重產生。」

4 入門、初步的意思。當時上海世界書局出版過一套「ABC叢書」，內收各方面的入門書多種。

5 語見《晉書・趙王倫傳》，原意是諷刺司馬懿第九子司馬倫封爵過濫，連家中奴僕差役都受封，「每朝會，貂蟬盈座，時人為之諺曰：『貂不足，狗尾續』。」

6 尼采（F.Nietzsche，一八四四—一九〇〇），德國哲學家，唯意志論和超人哲學的鼓吹者。

「末人」（Der Letzte Mensch），見尼采所著《查拉圖斯特拉如是說》的《序言》，意思是指一種無希望、無創造、平庸畏葸、淺陋渺小的人。魯迅曾經把這篇《序言》譯成中文，發表於一九二〇年六月《新潮》雜誌第二卷第五號。

新秋雜識（二）[1]

旅隼

八月三十日的夜裡，遠遠近近，都突然劈劈拍拍起來，一時來不及細想，以為「抵抗」又開頭了，不久就明白了那是放爆竹，這才定了心。接著又想：大約又是什麼節氣了罷？……待到第二天看報紙，才知道原來昨夜是月蝕，那些劈劈拍拍，就是我們的同胞，異胞（我們雖然大家自稱為黃帝子孫，但蚩尤[2]的子孫想必也未嘗死絕，所以謂之「異胞」）在示威，要將月亮從天狗嘴裡救出。

再前幾天，夜裡也很熱鬧。街頭巷尾，處處擺著桌子，上面有麵食，西瓜；西瓜上面叮著蒼蠅，青蟲，蚊子之類，還有一桌和尚，口中念念有詞：「回豬玀普米呀吽！[3]唵呀吽！吽！！」這是在放焰口，施餓鬼。到了盂蘭盆節[4]了，餓鬼和非餓鬼都從陰間跑出，來看上海這大世面，善男信女們就在這時盡地主之誼，托和尚「唵呀吽」的彈出幾粒白米去，請它們都飽飽的吃一通。

我是一個俗人，向來不大注意什麼天上和陰間的，但每當這些時候，卻也不能不感到我們的還在人間的同胞們和異胞們的思慮之高超和妥帖。別的不必說，就在這不到兩整年中，大則四省，小則九島，都已變了旗色了，不久還有八島。不但救不勝救，即使想要救罷，一開口，說不定自己就危險（這兩句，印後成了「於勢也有所未能」）。

所以最妥當是救月亮，那怕爆竹放得震天價響，天狗絕不至於來咬，月亮裡的酋長（假如有酋長的話）也不會出來禁止，目為反動的。救人也一樣，兵災，旱災，蝗災，水災……災民們不計其數，幸而暫免於災殃的小民，又怎麼能有一個救法？那自然遠不如救魂靈，事省功多，和大人先生的打醮造塔[5]同其功德。這就是所謂「人無遠慮，必有近憂」[6]；而「君子務其大者遠者」[7]，亦此之謂也。

而況「庖人雖不治庖，屍祝不越尊俎而代之」[8]，也是古聖賢的明訓，國事有治國者在，小民是用不著吵鬧的。不過歷來的聖帝明王，可又並不卑視小民，倒給與了更高超的自由和權利，就是聽你專門去救宇宙和魂靈。這是太平的根基，從古至今，相沿不廢，將來想必也不至先便廢。

記得那是去年的事了，滬戰初停，日兵漸漸的走上兵船和退進營房裡面去，有一夜也是這麼劈劈拍拍起來，時候還在「長期抵抗」[9]中，日本人又不明白我們的國粹，以為又是第幾路軍前來收復失地了，立刻放哨，出兵……亂烘烘的鬧了一通，才知道我們是在救月亮，他們是在見鬼。「哦哦！成程（Naruhodo＝原來如此）！」驚嘆和佩服之餘，於是恢復了平和的原狀。今年呢，連哨也沒有放，大約是已被中國的精神文明感化了。

現在的侵略者和壓制者，還有像古代的暴君一樣，奴才們的發昏和做夢也不准的麼？

八月三十一日

【注釋】

1 本篇最初發表於一九三三年九月十三日《申報·自由談》，題為《秋夜漫談》，署名虞明。

2 古代傳說中九黎族的首領，相傳他和黃帝作戰，兵敗被殺。

3 梵語音譯，《瑜伽集要焰口施食儀》中的咒文，「豬獼」原作「資囉」。

4 「盂蘭盆」是梵語音譯，意為解倒懸。舊俗以夏曆七月十五日為盂蘭盆節，在這一天夜裡請和尚誦經施食，追薦死者，稱為放焰口。焰口，餓鬼名。

5 打醮乃舊時僧道設壇念經做法事。戴季陶等在九一八事變後，拉攏當時的班禪喇嘛，以超薦天災兵禍死去的鬼魂等名義，迭次發起「仁王護國法會」、「普利法會」等，誦經禮佛。造塔，指戴季陶於一九三三年五月在南京中山陵附近築塔，收藏孫中山的遺著抄本。

6 孔丘的話，語見《論語·衛靈公》。

7 語出《左傳》襄公三十一年：「君子務知大者遠者，小人務知小者近者」，是春秋時鄭國子皮對子產所說的話。

8 語見《莊子·逍遙遊》，意思是各人辦理自己分內的事。庖人，廚子；屍祝，主持祝禱的人；尊俎，盛酒載牲的器具。

9 一九三二年日本帝國主義在上海發動一二八戰事後，國民黨四屆二中全會宣言已定「長期抵抗之決心」。

男人的進化[1]

虞明

說禽獸交合是戀愛未免有點褻瀆。但是，禽獸也有性生活，那是不能否認的。牠們在春情發動期，雌的和雄的碰在一起，難免「卿卿我我」的來一陣。固然，雌的有時候也會裝腔做勢，逃幾步又回頭看，還要叫幾聲，直到實行「同居之愛」為止。禽獸的種類雖然多，牠們的「戀愛」方式雖然複雜，可是有一件事是沒有疑問的：就是雄的不見得有什麼特權。

人為萬物之靈，首先就是男人的本領大。最初原是馬馬虎虎的，可是因為「知有母不知有父」[2]的緣故，娘兒們曾經「統治」過一個時期，那時的祖老太太大概比後來的族長還要威風。後來不知怎的，女人就倒了楣：項頸上，手上，腳上，全都鎖上了鏈條，扣上了圈兒，環兒，——雖則過了幾千年這些圈兒環兒大都已經變成了金的銀的，鑲上了珍珠寶鑽，然而這些項圈，鐲子，戒指等等，到現在還是女奴的象徵。既然女人成了奴隸，那就男人不必徵求她的同意再去「愛」她了。

古代部落之間的戰爭，結果俘虜會變成奴隸，女俘虜就會被強姦。那時候，大概春情發動期早就「取消」了，隨時隨地男主人都可以強姦女俘虜，女奴隸。現代強盜惡棍之流的不把女人當人，其實是大有酋長式武士道的遺風的。

但是，強姦的本領雖然已經是人比禽獸「進化」的一步，究竟還只是半開化。你想，女的哭哭啼啼，扭手扭腳，能有多大興趣？自從金錢這寶貝出現之後，男人的進化就真的了不得了。天下的一切都可以買賣，性欲自然並非例外。男人花幾個臭錢，就可以得到他在女人身上所要得到的東西。而且他可以給她說：我並非強姦你，這是你自願的，你願意拿幾個錢，你就得如此這般，百依百順，咱們是公平交易！蹂躪了她，還要她說一聲「謝謝你，大少」。這是禽獸幹得來的麼？所以嫖妓是男人進化的頗高的階段了。

同時，父母之命媒妁之言的舊式婚姻，卻要比嫖妓更高明。這制度之下，男人得到永久的終身的活財產。當新婦被人放到新郎的床上的時候，她只有義務，她連講價錢的自由也沒有，何況戀愛。不管你愛不愛，在周公[3]孔聖人的名義之下，你得從一而終，你得守貞操。男人可以隨時使用她，而她卻要遵守聖賢的禮教，即使「只在心裡動了惡念，也要算犯姦淫」[4]的。如果雄狗對雌狗用起這樣巧妙而嚴厲的手段來，雌的一定要急得「跳牆」。然而人卻只會跳井，當節婦，貞女，烈女去。禮教婚姻的進化意義，也就可想而知了。

至於男人會用「最科學的」學說，使得女人雖無禮教，也能心甘情願地從一而終，而且深信性欲是「獸欲」，不應當作為戀愛的基本條件，因此發明「科學的貞操」，——那當然是文明進化的頂點了。

嗚呼，人——男人——之所以異於禽獸者！

自注：這篇文章是衛道的文章。

九月三日

【注釋】

1 本篇最初發表於一九三三年九月十六日《申報・自由談》，署名旅隼。

2 指原始共產社會雜婚制下的現象。《呂氏春秋・恃君覽》中有關於這種現象的記載：「昔太古嘗無君矣，其民聚生群處，知母不知父。」

3 周公，姓姬，名旦，周武王之弟。他曾助武王滅商，並輔成王執政，對周代典章制度的建立起了很大作用。舊傳「六經」中的《禮經》（《儀禮》）為周公所作，或說是孔丘所定；其中關於婚禮的詳細規定，長期影響著封建社會的婚姻制度。

4 語出基督教的《新約全書·馬太福音》第五章：「凡看見婦女就動淫念的，這人心裡已經與他犯姦淫了。」

同意和解釋[1]

虞明

上司的行動不必徵求下屬的同意，這是天經地義。但是，有時候上司會對下屬解釋。

新進的世界聞人說：「原人時代就有威權，例如人對動物，一定強迫牠們服從人的意志，而使牠們拋棄自由生活，不必徵求動物的同意。」[2]這話說得透澈。不然，我們那裡有牛肉吃，有馬騎呢？人對人也是這樣。

日本耶教會[3]主教最近宣言日本是聖經上說的天使：「上帝要用日本征服向來屠殺猶太人的白人……以武力解放猶太人，實現《舊約》上的預言。」這也顯然不徵求白人的同意的，正和屠殺猶太人的白人並未徵求過猶太人的同意一樣。日本的大人老爺在中國製造「國難」，也沒有徵求中國人民的同意。——至於有些地方的紳董，卻去徵求日本大人的同意，請他們來維持地方治安，那卻又當別論。總之，要自由自在的吃牛肉，騎馬等等，就必須宣布自己是上司，別人是下屬；或是把人比做動物，或是把自己作為天使。

但是，這裡最要緊的還是「武力」，並非理論。不論是社會學或是基督教的理論，都不能夠產生什麼威權。原人對於動物的威權，是產生於弓箭等類的發明的。至於理論，那不過是隨後想出來的解釋。這種解釋的作用，在於製造自己威權的宗教上，哲學上，科學上，世界潮流上的根據，使得奴隸和牛馬恍然大悟這世界的公律，而拋棄一切翻案的夢想。

當上司對於下屬解釋的時候，你做下屬的切不可誤解這是在徵求你的同意，因為即使你絕對的不同意，他還是幹他的。他自有他的夢想，只要金銀財寶和飛機大炮的力量還在他手裡，他的夢想就會實現；而你的夢想卻終於只是夢想，——萬一實現了，他還說你抄襲他的動物主義的老文章呢。

據說現在的世界潮流，正是龐大權力的政府的出現，這是十九世紀人士所夢想不到的。意大利和德意志不用說了；就是英國的國民政府，「它的實權也完全屬於保守黨一黨。」「美國新總統所取得的措置經濟復興的權力，比戰爭和戒嚴時期還要大得多。」[4]大家做動物，使上司不必徵求什麼同意，這正是世界的潮流。懿歟盛哉，這樣的好榜樣，那能不學？

　　不過，我這種解釋還有點美中不足：中國自己的秦始皇帝焚書坑儒，中國自己的韓退之[5]等說：「民不出米粟麻絲以事其上則誅」。這原是國貨，何苦違背著民族主義，引用外國的學說和事實——長他人威風，滅自己志氣呢？

九月三日

【注釋】

1 本篇最初發表於一九三三年九月二十日《申報．自由談》。

2 這是希特勒一九三三年九月初在紐倫堡國社黨大會閉幕時發表演説中的話。

3 即日本耶穌教會。據一九三三年九月三日《大晚報》載路透社東京訊説，該會負責人中田宣稱：「《以色亞》章（按指《舊約全書．以賽亞書》第五十五章）中一汝所不知之國，與亦不知汝之國，及《啟示錄》第七篇（按指《新約全書．啟示錄》第七章）一天使降自東方，執上帝之璽，皆指日本而言。」又説：「上帝將以日本征服向來屠殺猶太人之白人，……日本以武力解放猶太人，實現《舊約》預言」。

4 這是當時國民黨政府財政部長宋子文出席世界經濟會議歸國後，一九三三年九月三日在南京説的話。他宣傳西方各國政府的「權力之大」，「為十九世紀人士所夢想不到」，要中國效法這種「好榜樣」。

5 韓愈（七六八－八二四）字退之，河陽（今河南孟縣）人，唐代文學家。著有《韓昌黎集》。這裡所引的話見他所作的《原道》，原文為：「民不出粟、米、麻、絲，作器皿，通貨財，以事其上，則誅！」

文床秋夢[1]

遊光

春夢是顛顛倒倒的。「夏夜夢」呢？看莎士比亞[2]的劇本，也還是顛顛倒倒。中國的秋夢，照例卻應該「肅殺」，民國以前的死囚，就都是「秋後處決」的，這是順天時。天教人這麼著，人就不能不這麼著。所謂「文人」當然也不至於例外，吃得飽飽的睡在床上，食物不能消化完，就做夢；而現在又是秋天，天就教他的夢威嚴起來了。

二卷三十一期（八月十二日出版）的《濤聲》上，有一封自名為「林丁」先生的給編者的信，其中有一段說——

「……之爭，孰是孰非，殊非外人所能詳道。然而彼此摧殘，則在旁觀人看來，卻不能不承是整個文壇的不幸。……我以為各人均應先打屁股百下，以儆效尤，餘事可一概不提。……」

前兩天，還有某小報上的不署名的社談，它對於早些日子余趙的剪竊問題之爭[3]，也非常氣憤——

「……假使我一朝大權在握，我一定把這般東西捉了來，判他們罰作苦工，讀書十年；中國文壇，或尚有乾淨之一日。」

張獻忠自己要沒落了，他的行動就不問「孰是孰非」，只是殺。清朝的官員，對於原被兩造[4]，不問青紅皂白，各打屁股一百或五十的事，確也偶爾會有的，這是因為滿洲還想要奴才，供搜刮，就是「林丁」先生的舊夢。某小報上的無名子先生可還要比較的文明，至少，它是已經知道了上海工部局[5]「判罰」下等華人的方法的了。

但第一個問題是在怎樣才能夠「一朝大權在握」？文弱書生死樣活氣，怎麼做得到權臣？先前，還可以希望招駙馬，一下子就飛黃騰達，現在皇帝沒有了，即使滿臉塗著雪花膏，也永遠遇不到公主的青睞；至多，只可以希圖做一個富家的姑爺而已。而捐官的辦法，又早經取消，對於「大權」，還是只能像狐狸的遇著高處的葡萄一樣，仰著白鼻子看看。文壇的完整和乾淨，恐怕實在也到底很渺茫。

五四時候，曾經在出版界上發現了「文丐」，接著又發現了「文氓」，但這種威風凛凛的人物，卻是我今年秋天在上海新發現的，無以名之，姑且稱為「文官」罷。看文學史，文壇是常會有完整而乾淨的時候的，但誰曾見過這文壇的澄清，會和這類的「文官」們有絲毫關係的呢。

不過，夢是總可以做的，好在沒有什麼關係，而寫出來也有趣。請安息罷，候補的少大人們！

九月五日

【注釋】

1 本篇最初發表於一九三三年九月十一日《申報·自由談》。

2 莎士比亞（William Shakespeare，一五六四—一六一六），歐洲文藝復興時期的英國戲劇家。他的喜劇《仲夏夜之夢》，出版於一六〇〇年。

3 余趙指余慕陶和趙景深。一九三三年余慕陶在樂華書局出版《世界文學史》上中兩冊，內容大都從趙景深的《中國文學小史》及他人所著中外文學史、革命史中剪竊而來，經趙景深等人在《自由談》上指出以後，余慕陶一再作文強辯，說他的書是「整理」而非剪竊。

4 原告與被告兩方。

5 過去英、美、日等帝國主義在上海、天津等地租界內設立的統治機關。

電影的教訓[1]

孺牛

當我在家鄉的村子裡看中國舊戲的時候，是還未被教育成「讀書人」的時候，小朋友大抵是農民。愛看的是翻筋斗，跳老虎，一把煙焰，現出一個妖精來；對於劇情，似乎都不大和我們有關係。大面和老生的爭城奪地，小生和正旦的離合悲歡，全是他們的事，捏鋤頭柄人家的孩子，自己知道是絕不會登壇拜將，或上京赴考的。

但還記得有一齣給了感動的戲，好像是叫作《斬木誠》[2]。一個大官蒙了不白之冤，非被殺不可了，他家裡有一個老家丁，面貌非常相像，便代他去「伏法」。那悲壯的動作和歌聲，真打動了看客的心，使他們發現了自己的好模範。因為我的家鄉的農人，農忙一過，有些是給大戶去幫忙的。為要做得像，臨刑時候，主母照例的必須去「抱頭大哭」，然而被他踢開了，雖在此時，名分也得嚴守，這是忠僕，義士，好人。

但到我在上海看電影的時候，卻早是成為「下等華人」的了，看樓上坐著白人和闊人，樓下排著中等和下等的「華冑」，銀幕上現出白色兵們打仗，白色老爺發財，白色小姐結婚，白色英雄探險，令看客佩服，羨慕，恐怖，自己覺得做不到。但當白色英雄探險非洲時，卻常有黑色的忠僕來給他開路，服役，拚命，替死，使主子安然的回家；待到他預備第二次探險時，忠僕不可再得，便又記起了死者，臉色一沉，銀幕上就現出一個他記憶上的黑色的面貌。黃臉的看客也大抵在微光中把臉色一沉：他們被感動了。

幸而國產電影也在掙扎起來，聳身一跳，上了高牆，舉手一揚，擲出飛劍，不過這也和十九路軍[3]一同退出上海，現在是正在準備開映屠格納夫的《春潮》[4]和茅盾的《春蠶》[5]了。當然，這是進步的。但這時候，卻先來了一部竭力宣傳的《瑤山豔史》[6]。

這部片子，主題是「開化瑤民」，機鍵是「招駙馬」[7]，令人記起《四郎探母》[8]以及《雙陽公主追狄》[9]這些戲本來。中國的精神文明主宰全世界的偉論，近來不大聽到了，要想去開化，自然只好退到苗瑤之類的裡面去，而要成這種大事業，卻首先須「結親」，黃帝子孫也和黑人一樣，不能和歐亞大國的公主結親，所以精神文明就無法傳播。這是大家可以由此明白的。

九月七日

【注釋】

1 本篇最初發表於一九三三年九月十一日《申報·自由談》。

2 根據下文所述情節，此劇出自清代李玉著傳奇《一捧雪》。木誠應作莫誠，為劇中人莫懷古之僕。

3 指國民黨第十九路軍。一九三二年一月二十八日，日本軍隊進攻上海，駐在上海的十九路軍曾自動進行抵抗，後來被調往福建。

4 屠格涅夫的中篇小說，一九三三年上海亨生影片公司曾據以拍攝為同名影片。

5 茅盾的短篇小說，一九三三年由上海明星影片公司改編拍攝為同名影片。茅盾，沈雁冰的筆名，浙江桐鄉人，中國現代作家及文學評論家。

6 一部侮辱少數民族的影片，上海藝聯影業公司出品。片中有在瑤區從事「開化」工作的男主角向瑤王女兒求愛，決心不再「出山」的情節。一九三三年九月初在上海公映時，影片公司在各報大登廣告。該片曾獲國民黨中央黨部嘉獎，「開化瑤民」一語，見於嘉獎函中。

7 漢朝設有「駙馬都尉」，掌管御馬；魏晉開始，公主的配偶授與「駙馬都尉」的職位，此後駙馬成為公主配偶的專稱。

8 京劇，內容是北宋與遼交戰，宋將楊四郎（延輝）被俘，當了駙馬。後四郎母佘太君統兵征遼，四郎思母，潛回宋營探望，然後重返遼邦。

9 京劇，內容是北宋大將狄青西征途中誤走鄯善國，被誘與單單王之女雙陽公主成親。後來狄青逃出，繼續西行，至風火關，公主追來，斥他負義；狄青以實情相告，公主感動，將他放走。

關於翻譯（上）[1]

洛文

因為我的一篇短文，引出了穆木天[2]先生的《從〈為翻譯辯護〉談到樓譯〈二十世紀之歐洲文學〉》（九日《自由談》所載），這在我，是很以為榮幸的，並且覺得凡所指摘，也恐怕都是實在的錯誤。但從那作者的案語裡，我卻又想起一個隨便講講，也許並不是毫無意義的問題來了。那是這樣的一段——

「在一百九十九頁，有『在這種小說之中，最近由學術院（譯者：當係指著者所屬的俄國共產主義學院）所選的魯易倍爾德蘭的不朽的諸作，為最優秀』。在我以為此地所謂『Academie』者，當指法國翰林院。蘇聯雖稱學藝發達之邦，但不會為帝國主義作家作選集罷？我不知為什麼樓先生那樣地濫下注解？」

究竟是那一國的 Academia[3] 呢？我不知道。自然，看作法國的翰林院是萬分近理的，但我們也不能決定蘇聯的大學院就「不會為帝國主義作家作選集」。倘在十年以前，是絕對不會的，這不但為物力所限，也為了要保護革命的嬰兒，不能將滋養的，無益的，有害的食品都漫無區別的亂放在他前面。現在卻可以了，嬰兒已經長大，而且強壯，聰明起來，即使將鴉片或嗎啡給他看，也沒有什麼大危險，但不消說，一面也必須有先覺者來指示，說吸了就會上癮，而上癮之後，就成一個廢物，或者還是社會上的害蟲。

在事實上，我曾經見過蘇聯的 Academia 新譯新印的阿拉伯的《一千一夜》，義大利的《十日談》，還有西班牙的《吉訶德先生》，英國的《魯濱孫漂流記》[4]；在報章上，則記載過在為托爾斯泰印選集，為歌德[5]編全集——更完全的全集。倍爾德蘭[6]不但是加特力教[7]的宣傳者，而且是王朝主義的代言人，但比起十九世紀初德意志布爾喬亞[8]的文豪歌德來，那作品也不至於更加有害。所以我想，蘇聯來給他出一本選集，實在是很可能的。不過在這些書籍之前，想來一定有詳序，加以仔細的分析和正確的批評。

凡作者，和讀者因緣愈遠的，那作品就於讀者愈無害。古典的，反動的，觀念形態已經很不相同的作品，大抵即不能打動新的青年的心（但自然也要有正確的指示），倒反可以從中學學描寫的本領，作者的努力。恰如大塊的砒霜，欣賞之餘，所得的是知道它殺人的力量和結晶的模樣：藥物學和礦物學上的知識了。可怕的倒在用有限的砒霜，和在食物中間，使青年不知不覺的吞下去，例如似是而非的所謂「革命文學」，故作激烈的所謂「唯物史觀的批評」，就是這一類。這倒是應該防備的。

我是主張青年也可以看看「帝國主義者」的作品的，這就是古語的所謂「知己知彼」。青年為了要看虎狼，赤手空拳的跑到深山裡去固然是呆子，但因為虎狼可怕，連用鐵柵圍起來了的動物園裡也不敢去，卻也不能不說是一位可笑的愚人。有害的文學的鐵柵是什麼呢？批評家就是。

九月十一日

【補記】這一篇沒有能夠刊出。

九月十五日

【注釋】

1 本篇在當時沒有能夠刊出，原文前三行（自「因為我的一篇短文」至「也恐怕都是實在的錯誤」）被移至下篇之首，併為一篇發表。

2 穆木天（一九〇〇—一九七一），吉林伊通人，詩人、翻譯家，曾參加創造社。他這篇文章所談的《二十世紀之歐洲文學》，係指蘇聯弗里契原著、樓建南（適夷）翻譯的中文本，一九三三年上海新生命書局出版。

3 拉丁文：科學院（舊時曾譯作大學院、翰林院）。法文作 Academie。法國翰林院，指法蘭西學院（Académie française）。蘇聯大學院，指蘇聯科學院（Академия наук СССР）。

4 即《一千零一夜》，又名《天方夜譚》，阿拉伯古代民間故事集。《十日談》，義大利薄伽丘著的故事集。《吉訶德先生》，即《堂吉訶德》，西班牙塞萬提斯著的長篇小說。《魯濱孫漂流記》，英國狄福著的長篇小說。

5 歌德（J.W von Goethe，一七四九—一八三二），德國詩人、學者。主要作品有詩劇《浮士德》和小說《少年維特之煩惱》等。

6 倍爾德蘭（L.Beryrand，一八六六—一九四一），通譯路易·貝特朗，法國小說家。一九二五年為法蘭西學院院士。著有小說《種族之血》、《西班牙公主》等。

7 即天主教。加特力為拉丁文 Catholica 的音譯。

8 即資產階級，法文 bourgeoisie 的音譯。

關於翻譯（下）[1]

洛文

但我在那《為翻譯辯護》中，所希望於批評家的，實在有三點：一，指出壞的；二，獎勵好的；三，倘沒有，則較好的也可以。而穆木天先生所實做的是第一句。以後呢，可能有別的批評家來做其次的文章，想起來真是一個大疑問。

所以我要再來補充幾句：倘連較好的也沒有，則指出壞的譯本之後，並且指明其中的那些地方還可以於讀者有益處。

此後的譯作界，恐怕是還要退步下去的。姑不論民窮財盡，即看地面和人口，四省是給日本拿去了，一大塊在水淹，一大塊在旱，一大塊在打仗，只要略略一想，就知道讀者是減少了許許多了。因為銷路的少，出版界就要更投機，欺騙，而拿筆的人也因此只好更投機，欺騙。即有不願意欺騙的人，為生計所壓迫，也總不免比較的粗製濫造，增出些先前所沒有的缺點來。走過租界的住宅區鄰近的馬路，三間門面的水果店，晶瑩的玻璃窗裡是鮮紅的蘋果，通黃的香蕉，還有不知名的熱帶的果物。但略站一下就知道：這地方，中國人是很少進去的，買不起。我們大抵只好到同胞擺的水果攤上去，花幾文錢買一個爛蘋果。

蘋果一爛，比別的水果更不好吃，但是也有人買的，不過我們另外還有一種相反的脾氣：首飾要「足赤」，人物要「完人」。一有缺點，有時就全部都不要了。愛人身上生幾個瘡，固然不至於就請律師離婚，但對於作者，作品，譯品，卻總歸比較的嚴緊，蕭伯納[2]坐了大船，不好；巴比塞[3]不算第一個作家，也不好；譯者是「大學教授，下職官員」[4]，更不好。好的又不出來，怎麼辨呢？我想，還是請批評家用吃爛蘋果的方法，來救一救急罷。

我們先前的批評法，是說，這蘋果有爛疤了，要不得，一下子拋掉。然而買者的金錢有限，豈不是大冤枉，而況此後還要窮下去。所以，此後似乎最好還是添幾句，倘不是穿心爛，就說：這蘋果有著爛疤了，然而這幾處沒有爛，還可以吃得。這麼一辨，譯品的好壞是明白了，而讀者的損失也可以小一點。

但這一類的批評，在中國還不大有，即以《自由談》所登的批評為例，對於《二十世紀之歐洲文學》，就是專指爛疤的；記得先前有一篇批評鄒韜奮[5]先生所編的《高爾基》的短文，除掉指出幾個缺點之外，也沒有別的話。前者我沒有看過，說不出另外可有什麼可取的地方，但後者卻曾經翻過一遍，覺得除批評者所指摘的缺點之外，另有許多記載作者的勇敢的奮鬥，胥吏的卑劣的陰謀，是很有益於青年作家的，但也因為有了爛疤，就被拋在筐子外面了。

所以，我又希望刻苦的批評家來做剜爛蘋果的工作，這正如「拾荒」一樣，是很辛苦的，但也必要，而且大家有益的。

九月十一日

【注釋】

1 本篇最初發表於一九三三年九月十四日《申報・自由談》。

2 蕭伯納於一九三三年乘英國皇后號輪船周遊世界，二月十七日途經上海。

3 巴比塞（Henri Barbusse，一八七三－一九三五），法國作家。著有長篇小說《火線》、《光明》及《史達林傳》等。

4 這是邵洵美在《十日談》雜誌第二期（一九三三年八月二十日）發表的《文人無行》一文中的話：「大學教授，下職官員，當局欠薪，家有兒女老少，於是在公餘之暇，只得把平時藉以消遣的外國小說，譯一兩篇來換些稿費……」

5 鄒韜奮（一八九五－一九四四），原名恩潤，政論家、出版家。曾主編《生活》週刊，創辦生活書店，著有《萍蹤寄語》等書。《高爾基》（原書名《革命文豪高爾基》）是他根據美國康恩所著的《高爾基和他的俄國》一書編譯而成，一九三三年七月上海生活書店出版。這裡所談的批評，是指林翼之的《讀〈高爾基〉》一文，發表於一九三三年七月十七日《申報·自由談》。

新秋雜識（三）[1]

旅隼

「秋來了！」

秋真是來了，晴的白天還好，夜裡穿著洋布衫就覺得涼颼颼。報章上滿是關於「秋」的大小文章：迎秋，悲秋，哀秋，責秋……等等。為了趨時，也想這麼的做一點，然而總是做不出。我想，就是想要「悲秋」之類，恐怕也要福氣的，實在令人羨慕得很。

記得幼小時，有父母愛護著我的時候，最有趣的是生點小毛病，大病卻生不得，既痛苦，又危險的。生了小病，懶懶的躺在床上，有些悲涼，又有些嬌氣，小苦而微甜，實在好像秋的詩境。嗚呼哀哉，自從流落江湖以來，靈感捲逃，連小病也不生了。偶然看看文學家的名文，說是秋花為之慘容，大海為之沉默云云，只是愈加感到自己的麻木。

我就從來沒有見過秋花為了我在悲哀，忽然變了顏色；只要有風，大海是總在呼嘯的，不管我愛鬧還是愛靜。

冰瑩[2]女士的佳作告訴我們：「晨是學科學的，但在這一剎那，完全忘掉了他的志趣，存在他腦海中的只有一個儘量地享受自然美景的目的。……」

這也是一種福氣。科學我學的很淺，只讀過一本生物學教科書，但是，它那些教訓，花是植物的生殖機關呀，蟲鳴鳥囀，是在求偶呀之類，就完全忘不掉了。昨夜閒逛荒場，聽到蟋蟀在野菊花下鳴叫，覺得好像是美景，詩興勃發，就做了兩句新詩——

野菊的生殖器下面，
蟋蟀在吊膀子。

寫出來一看，雖然比粗人們所唱的俚歌要高雅一些，而對於新詩人的由「煙士披離純」而來的詩，還是「相形見絀」。寫得太科學，太真實，就不雅了，如果改作舊詩，也許不至於這樣。生殖機關，用嚴又陵[3]先生譯法，可以謂之「性官」；

「吊膀子」呢，我自己就不懂那語源，但據老於上海者說，這是因西洋人的男女挽臂同行而來的，引伸為誘惑或追求異性的意思。吊者，掛也，亦即相挾持。那麼，我的詩就譯出來了——

野菊性官下，
鳴蛩在懸肘。

雖然很有些費解，但似乎也雅得多，也就是好得多。人們不懂，所以雅，也就是所以好，現在也還是一個做文豪的秘訣呀。質之「新詩人」邵洵美[4]先生之流，不知以為何如？

九月十四日

【注釋】

1 本篇最初發表於一九三三年九月十七日《申報．自由談》。

2 謝冰瑩，湖南新化人，女作家。下文引自她在一九三三年九月八日《申報．自由談》上發表的

《海濱之夜》一文。

3 嚴復（一八五三—一九二一），字又陵，又字幾道，福建閩侯（今屬福州）人，清代啟蒙思想家、翻譯家。他在關於自然科學的譯文中，把人體和動植物的各種器官，都簡譯為「官」。

4 邵洵美（一九〇六—一九六八），浙江餘姚人。曾出資創辦金屋書店，主編《金屋月刊》，提倡唯美主義文學；著有詩集《花一般的罪惡》等。

禮[1]

葦索

看報，是有益的，雖然有時也沉悶。例如罷，中國是世界上國恥紀念最多的國家，到這一天，報上照例得有幾塊記載，幾篇文章。但這事真也鬧得太重疊，太長久了，就很容易千篇一律，這一回可用，下一回也可用，去年用過了，明年也許還可用，只要沒有新事情。即使有了，成文恐怕也仍然可以用，因為反正總只能說這幾句話。所以倘不是健忘的人，就會覺再沉悶，看不出新的啟示來。

然而我還是看。今天偶然看見北京追悼抗日英雄鄧文[2]的記事，首先是報告，其次是演講，最末，是「禮成，奏樂散會」。

我於是得了新的啟示：凡紀念，「禮」而已矣。

中國原是「禮義之邦」，關於禮的書，就有三大部[3]，連在外國也譯出了，我真特別佩服《儀禮》的翻譯者。事君，現在可以不談了；事親，當然要盡孝，但歿後的辦法，則已歸入祭禮中，各有儀，就是現在的拜忌日，做陰壽之類。新的忌日添出來，舊的忌日就淡一點，「新鬼大，故鬼小」[4]也。我們的紀念日也是對於舊的幾個比較的不起勁，而新的幾個之歸於淡漠，則只好以俟將來，和人家的拜忌辰是一樣的。有人說，中國的國家以家族為基礎，真是有識見。

中國又原是「禮讓為國」[5]的，既有禮，就必能讓，而愈能讓，禮也就愈繁了。總之，這一節不說也罷。

古時候，或以黃老治天下，或以孝治天下[6]。現在呢，恐怕是入於以禮治天下的時期了，明乎此，就知道責備民眾的對於紀念日的淡漠是錯的，《禮》曰：「禮不下庶人」[7]；捨不得物質上的什麼東西也是錯的，孔子不云乎：「賜也爾愛其羊，我愛其禮！」[8]

「非禮勿視，非禮勿聽，非禮勿言，非禮勿動」[9]，靜靜的等著別人的「多行不義，必自斃」[10]，禮也。

九月二十日

【注釋】

1 本篇最初發表於一九三三年九月二十二日《申報．自由談》。

2 當時東北軍馬占山部的騎兵師長，一九三三年七月三十一日在張家口被暗殺。一九三三年九月二十日報紙曾載「京各界昨日追悼鄧文」的消息。京，指南京。

3 指《周禮》、《儀禮》、《禮記》。《儀禮》有英國斯蒂爾（J.Steel）的英譯本，一九一七年倫敦出版。

4 見《左傳》文公二年：春秋時魯閔公死後，由他的異母兄僖公繼立；僖公死，他的兒子文公繼立，依照世序，在宗廟裡的位次，應該是閔先僖後；但文公二年八月祭太廟時，將他的父親僖公置於閔公之前，說是「新鬼大，故鬼小」。意思是說死去不久的僖公是哥哥，死時年紀又大；而死了多年的閔公是弟弟，死時年紀又小，所以要「先大後小」。

5 語出《論語．里仁》：「子曰：『能以禮讓為國乎，何有？不能以禮讓為國，如禮何？』」

6 指以導源於道家而大成於法家的刑名法術治理國家。黃老，指道家奉為宗祖的黃帝和老聃。以孝治天下，指用儒家的「君君，臣臣，父父，子子」的倫理思想治理國家。

7 語見《禮記．曲禮》：「禮不下庶人，刑不上大夫」。

8 語見《論語．八佾》：「子貢欲去告朔之餼羊。子曰：『賜也，爾愛其羊，我愛其禮！』」據宋代朱熹注：餼羊，即活羊。諸侯每月朔日（初一）告廟聽政，叫做告朔。子貢（端木賜）因見當時魯國的國君已廢去告朔之禮，想把為行禮而準備的羊也一併去掉；但孔丘以為有羊還可以在形式上保留一點禮的虛文，所以這樣說。

9 孔丘的話，語見《論語．顏淵》。

10 語見《左傳》隱公元年，原語為春秋時鄭莊公說他弟弟共叔段的話。

打聽印象[1]

桃椎

五四運動以後，好像中國人就發生了一種新脾氣，是：倘有外國的名人或闊人新到，就喜歡打聽他對於中國的印象。

羅素[2]到中國講學，急進的青年們開會歡宴，打聽印象。羅素道：「你們待我這麼好，就是要說壞話，也不好說了。」急進的青年憤憤然，以為他滑頭。

蕭伯納周遊過中國，上海的記者群集訪問，又打聽印象。蕭道：「我有什麼意見，與你們都不相干。假如我是個武人，殺死個十萬條人命，你們才會尊重我的意見。」[3]革命家和非革命家都憤憤然，以為他刻薄。

這回是瑞典的卡爾親王[4]到上海了，記者先生也發表了他的印象：「……足跡所經，均蒙當地官民殷勤招待，感激之餘，異常愉快。今次遊覽觀感所得，對於貴國政府及國民，有極度良好之印象，而永遠不能磨滅者也。」這最穩妥，我想，是不至於招出什麼是非來的。

其實是，羅蕭兩位也還不算滑頭和刻薄的，假如有這麼一個外國人，遇見有人問他印象時，他先反問道：「你先生對於自己中國的印象怎麼樣？」那可真是一篇難以下筆的文章。

我們是生長在中國的，倘有所感，自然不能算「印象」；但意見也好；而意見又怎麼說呢？說我們像渾水裡的魚，活得糊裡糊塗，莫名其妙罷，不像意見。說中國好得很罷，恐怕也難。這就是愛國者所悲痛的所謂「失掉了國民的自信」，然而實在也好像失掉了，向各人打聽印象，就恰如求籤問卜，自己心裡先自狐疑著了的緣故。

我們裡面，發表意見的固然也有的，但常見的是無拳無勇，未曾「殺死十萬條人命」，倒是自稱「小百姓」的人，所以那意見也無人「尊重」，也就是和大家「不相干」。至於有位有勢的大人物，則在野時候，也許是很急進的罷，但現在呢，一聲不響，中國「待我這麼好，就是要說壞話，也不好說了」。

看當時歡宴羅素，而憤憤於他那答話的由新潮社[5]而發跡的諸公的現在，實在令人覺得羅素並非滑頭，倒是一個先知的諷刺家，將十年後的心思預先說去了。

這是我的印象，也算一篇擬答案，是從外國人的嘴上抄來的。

九月二十日

【注釋】

1 本篇最初發表於一九三三年九月二十四日《申報．自由談》。

2 羅素（B.Russell，一八七二—一九七〇），英國哲學家。一九二〇年曾來中國，在北京大學講過學。

3 蕭伯納的話，見《論語》半月刊第十二期（一九三三年三月一日）載鏡涵的《蕭伯納過滬談話記》：「問我這句話有什麼用——到處人家問我對於中國的印象，對於寺塔的印象。老實說——我有什麼意見與你們都不相干——你們不會聽我的指揮。假如我是個武人，殺死個十萬條人命，你們才會尊重我的意見。」

4 卡爾親王（Carl Gustav Oskar Fredrik Christian），當時瑞典國王古斯塔夫五世的侄子，一九三三年周遊世界，八月來中國。下引他對記者的談話，見一九三三年九月二十日《申報》。

5 北京大學部分學生和教員組織的一個具有進步傾向的社團。一九一八年底成立，主要成員有傅斯年、羅家倫、楊振聲、周作人等。曾出版《新潮》月刊（一九一九年一月創刊）和《新潮叢書》。後來由於主要成員的變化，該社逐漸趨向右傾，無形解體；傅斯年、羅家倫等成為國民黨政權在教育文化方面的骨幹人物。

吃教[1]

豐之餘

達一[2]先生在《文統之夢》裡，因劉勰[3]自謂夢隨孔子，乃始論文，而後來做了和尚，遂譏其「貽羞往聖」。其實是中國自南北朝以來，凡有文人學士，道士和尚，大抵以「無特操」為特色的。

晉以來的名流，每一個人總有三種小玩意，一是《論語》和《孝經》[4]，二是《老子》[5]，三是《維摩詰經》[6]，不但採作談資，並且常常做一點注解。

唐有三教辯論[7]，後來變成大家打諢；所謂名儒，做幾篇伽藍碑文也不算什麼大事。宋儒道貌岸然，而竊取禪師的語錄。清呢，去今不遠，我們還可以知道儒者的相信《太上感應篇》和《文昌帝君陰騭文》[8]，並且會請和尚到家裡來拜懺。

耶穌教傳入中國，教徒自以為信教，而教外的小百姓卻都叫他們是「吃教」的。這兩個字，真是提出了教徒的「精神」，也可以包括大多數的儒釋道教之流的信者，也可以移用於許多「吃革命飯」的老英雄。

清朝人稱八股文為「敲門磚」，因為得到功名，就如打開了門，磚即無用。近年則有雜誌上的所謂「主張」[9]。《現代評論》[10]之出盤，不是為了迫壓，倒因為這派作者的飛騰；《新月》[11]的冷落，是老社員都「爬」了上去，和月亮距離遠起來了。這種東西，我們為要和「敲門磚」區別，稱之為「上天梯」罷。

「教」之在中國，何嘗不如此。講革命，彼一時也；講忠孝，又一時也；跟大喇嘛打圈子，又一時也；造塔藏主義，又一時也。[12]有宜於專吃的時代，則指歸應定於一尊，有宜合吃的時代，則諸教亦本非異致，不過一碟是全鴨，一碟是雜拌兒而已。劉勰亦然，蓋僅由「不撤薑食」[13]一變而為吃齋，於胃臟裡的分量原無差別，何況以和尚而注《論語》《孝經》或《老子》，也還是不失為一種「天經地義」呢？

九月二十七日

【注釋】

1 本篇最初發表於一九三三年九月二十九日《申報・自由談》。

2 即陳子展，湖南長沙人，古典文學研究者。《文統之夢》一文，載於一九三三年九月二十七日《申報·自由談》，其中有一節說：「文統之夢，蓋南北朝文人恆有之。劉勰作《文心雕龍》，其序略云：予齒在逾立，嘗夜夢執丹漆之禮器，隨仲尼而南行，寤而喜曰，大哉聖人之難見也，乃小子之垂夢歟？敷贊聖旨，莫若注經，而馬鄭諸儒，弘之已精，就有深解，未足立家。唯文章之用，實經典枝條，五禮資之以成，六典因之致用。於是搦筆和墨，乃始論文。可知劉勰夢見孔子，隱然以文統自肩，而以道統讓之經生腐儒。微惜其攻乎異端，皈依佛氏，正與今之妄以道統自肩者同病，貽羞往聖而不自知也。」

3 劉勰（？—四七三），字彥和，南朝梁南東莞（今江蘇鎮江）人，文藝理論家。晚年出家為僧。

4 儒家經典，孔丘弟子記錄孔丘言行的書。《孝經》，儒家經典，記載孔丘與其弟子曾參關於「孝道」問答的書。

5 又名《道德經》，道家經典，相傳為春秋時老聃所作。

6 全稱《維摩詰所說經》，佛教經典，維摩詰是經中所寫的大乘居士，相傳是與釋迦牟尼同時代的人。

7 始見於北周，盛於唐代。唐德宗每年生日，在麟德殿舉行儒、釋、道三教的辯論，形式很典重，但三方都以常識性的瑣碎問題應付場面，並無實際上的問難，相反卻強調三教「同源」，並往往雜以諧謔。唐懿宗時，還有俳優在皇帝面前以「三教辯論」作為逗笑取樂的資料（見《太平廣記》卷二五二引《唐闕史·俳優人》）。

8 《道藏·太清部》著錄三十卷，題「宋李昌齡傳」。清代經學家惠棟曾為它作注。《文昌帝君陰騭文》，相傳為晉代張亞子所作。《明史·禮志（四）》說張亞子死後成為掌管人間祿籍的神道，稱文昌帝君。二者都是宣傳道家因果報應迷信思想的書。

9 胡適等人一九二二年五月在《努力週報》第二號發表《我們的政治主張》一文，提出由「好人」、「優秀分子」加入政治運動，組織所謂「好政府」的主張。

10 綜合性週刊，胡適、陳西瀅、王世傑、徐志摩等人辦的同人雜誌。一九二四年十二月創刊於北京，一九二七年七月移至上海出版，一九二八年十二月停刊。現代評論派主要成員後來多在教育界或反動政界充任要職。

11 新月社主辦的以文藝為主的綜合性月刊，一九二八年三月創刊於上海，一九三三年六月停刊。

12 這裡是對戴季陶一類要員言行的諷刺。

13 語見《論語·鄉黨》。據朱熹注：「薑，通神明，去穢惡，故不撤。」

喝茶1

豐之餘

公司又在廉價了，去買了二兩好茶葉，每兩洋二角。開首泡了一壺，怕它冷得快，用棉襖包起來，卻不料鄭重其事的來喝的時候，味道竟和我一向喝著的粗茶差不多，顏色也很重濁。

我知道這是自己錯誤了，喝好茶，是要用蓋碗的，於是用蓋碗。果然，泡了之後，色清而味甘，微香而小苦，確是好茶葉。但這是須在靜坐無為的時候的，當我正寫著《吃教》的中途，拉來一喝，那好味道竟又不知不覺的滑過去，像喝著粗茶一樣了。

有好茶喝，會喝好茶，是一種「清福」。不過要享這「清福」，首先就須有工夫，其次是練習出來的特別的感覺。由這一極瑣屑的經驗，我想，假使是一個使用筋力的工人，在喉乾欲裂的時候，那麼，即使給他龍井芽茶，珠蘭窨片，恐怕他喝起來也未必覺得和熱水有什麼大區別罷。所謂「秋思」，其實也是這樣的，騷人墨客，會覺得什麼「悲哉秋之為氣也」[2]，風雨陰晴，都給他一種刺戟，一方面也就是一種「清福」，但在老農，卻只知道每年的此際，就要割稻而已。

於是有人以為這種細膩銳敏的感覺，當然不屬於粗人，這是上等人的牌號。然而我恐怕也正是這牌號就要倒閉的先聲。

我們有痛覺，一方面是使我們受苦的，而一方面也使我們能夠自衛。假如沒有，則即使背上被人刺了一尖刀，也將茫無知覺，直到血盡倒地，自己還不明白為什麼倒地。但這痛覺如果細膩銳敏起來呢，則不但衣服上有一根小刺就覺得，連衣服上的接縫，線結，布毛都要覺得，倘不穿「無縫天衣」，他便要終日如芒刺在身，活不下去了。但假裝銳敏的，自然不在此例。

感覺的細膩和銳敏，較之麻木，那當然算是進步的，然而以有助於生命的進化為限。如果不相干，甚而至於有礙，那就是進化中的病態，不久就要收梢。我們試將享清福，抱秋心的雅人，和破衣粗食的粗人一比較，就明白究竟是誰活得下去。喝過茶，望著秋天，我於是想：不識好茶，沒有秋思，倒也罷了。

九月三十日

【注釋】

1 本篇最初發表於一九三三年十月二日《申報・自由談》。

2 語見戰國時楚國詩人宋玉《九辯》。

禁用和自造[1]

孺牛

據報上說，因為鉛筆和墨水筆進口之多，有些地方已在禁用，改用毛筆了。[2]

我們且不說飛機大炮，美棉美麥，都非國貨之類的迂談，單來說紙筆。

我們也不說寫大字，畫國畫的名人，單來說真實的辦事者。在這類人，毛筆卻是很不便當的。硯和墨可以不帶，改用墨汁罷，墨汁也何嘗有國貨。而且據我的經驗，墨汁也並非可以常用的東西，寫過幾千字，毛筆便被膠得不能施展。倘若安硯磨墨，展紙舔筆，則即以學生的抄講義而論，速度恐怕總要比用墨水筆減少三分之一，他只好不抄，或者要教員講得慢，也就是大家的時間，被白費了三分之一了。

所謂「便當」，並不是偷懶，是說在同一時間內，可以由此做成較多的事情。這就是節省時間，也就是使一個人的有限的生命，更加有效，而也即等於延長了人的生命。古人說，「非人磨墨墨磨人」[3]，就在悲憤人生之消磨於紙墨中，而墨水筆之製成，是正可以彌這缺憾的。

但它的存在，卻必須在寶貴時間，寶貴生命的地方。中國不然，這當然不會是國貨。進出口貨，中國是有了帳簿的了，人民的數目卻還沒有一本帳簿。一個人的生養教育，父母花去的是多少物力和氣力呢，而青年男女，每每不知所終，誰也不加注意。區區時間，當然更不成什麼問題了，能活著弄弄毛筆的，或者倒是幸福也難說。

和我們中國一樣，一向用毛筆的，還有一個日本。然而在日本，毛筆幾乎絕跡了，代用的是鉛筆和墨水筆，連用這些筆的習字帖也很多。為什麼呢？就因為這便當，省時間。然而他們不怕「漏卮」[4]麼？不，他們自己來製造，而且還要運到中國來。

優良而非國貨的時候，中國禁用，日本仿造，這是兩國截然不同的地方。

九月三十日

【注釋】

1 本篇最初發表於一九三三年十月一日《申報·自由談》。

2 禁用進口筆，改用毛筆的報導，見一九三三年九月二十二日《大晚報》載路透社廣州電：廣東、廣西省當局為「挽回利權」，禁止學生使用自來水筆、鉛筆等進口文具，改用毛筆。

3 語見宋代蘇軾《次韻答舒教授觀余所藏墨》一詩。

4 巵是圓形的酒器，漢代桓寬《鹽鐵論．本議》有「川源不能實漏巵」的話；後人常用「漏巵」以比喻利權外溢。

看變戲法[1]

遊光

我愛看「變戲法」。

他們是走江湖的，所以各處的戲法都一樣。為了斂錢，一定有兩種必要的東西：一隻黑熊，一個小孩子。

黑熊餓得真瘦，幾乎連動彈的力氣也快沒有了。自然，這是不能使牠強壯的，因為一強壯，就不能駕馭。現在是半死不活，卻還要用鐵圈穿了鼻子，再用索子牽著做戲。有時給吃一點東西，是一小塊水泡的饅頭皮，但還將勺子擎得高高的，要牠站起來，伸頭張嘴，許多工夫才得落肚，而變戲法的則因此集了一些錢。

這熊的來源，中國沒有人提到過。據西洋人的調查，說是從小時候，由山裡捉來的；大的不能用，因為一大，就總改不了野性。但雖是小的，也還須「訓練」，這「訓練」的方法，是「打」和「餓」；而後來，則是因虐待而死亡。我以為這話是的確的，我們看牠還在活著做戲的時候，就癟得連熊氣息也沒有了，有些地方，竟稱之為「狗熊」，其被蔑視至於如此。

孩子在場面上也要吃苦，或者大人踏在他肚子上，或者將他的兩手扭過來，他就顯出很苦楚，很為難，很吃重的相貌，要看客解救。六個，五個，再四個，三個……而變戲法的就又集了一些錢。他自然也曾經訓練過，這苦痛是裝出來的，和大人串通的勾當，不過也無礙於賺錢。

下午敲鑼開場，這樣的做到夜，收場，看客走散，有花了錢的，有終於不花錢的。

每當收場，我一面走，一面想：兩種生財傢伙，一種是要被虐待至死的，再尋幼小的來；一種是大了之後，另尋一個小孩子和一隻小熊，仍舊來變照樣的戲法。

事情真是簡單得很，想一下，就好像令人索然無味。然而我還是常常看。此外叫我看什麼呢，諸君？

十月一日

【注釋】

1 本篇最初發表於一九三三年十月四日《申報・自由談》。

雙十懷古[1]
——民國二二年看十九年秋

史癖

小引

要做「雙十」[2]的循例的文章，首先必須找材料。找法有二，或從腦子裡，或從書本中。我用的是後一法。但是，翻完「描寫字典」，裡面無之；覓遍「文章作法」，其中也沒有。幸而「吉人自有天相」，竟在破紙堆裡尋出一卷東西來，是中華民國十九年十月三日到十日的上海各種大報小報的拔萃。

去今已經整整的三個年頭了，剪貼著做什麼用的呢，自己已經記不清；莫非就給我今天做材料的麼，一定未必是。但是，「廢物利用」——既經檢出，就抄些目錄在這裡罷。不過為節省篇幅計，不再注明廣告，記事，電報之分，也略去了報紙的名目，因為那些文字，大抵是各報都有的。

看了什麼用呢？倒也說不出。倘若一定要我說，那就說是譬如看自己三年前的照相罷。

十月三日

江灣賽馬，

中國紅十字會籌募湖南遼西各省急振。

中央軍克陳留。

遼寧方面籌組副司令部。

禮縣土匪屠城。

六歲女孩受孕。

辛博森傷勢沉重。

汪精衛到太原。

盧興邦接洽投誠。

加派師旅入贛剿共。

裁厘展至明年一月。

墨西哥拒僑胞，五十六名返國。

墨索里尼提倡藝術。

譚延闓軼事。

戰士社代社員徵婚。

十月四日

齊天大舞臺始創傑構積極改進《西遊記》，准中秋節開幕。

前進的，民族主義的，唯一的，文藝刊物《前鋒月刊》創刊號准雙十節出版。

空軍將再炸邕。

剿匪聲中一趣史。

十月五日

蔣主席電國府請大赦政治犯。

程豔秋登臺盛況。

衛樂園之保證金。

十月六日

樊迪文講演小記。

諸君閱至此，請虔頌南無阿彌陀佛……

大家錯了，中秋是本月六日。

查封趙戴文財產問題。

鄂省黨部祝賀克復許汴。

取締民間妄用黨國旗。

十月七日

響應政府之廉潔運動。

津浦全線將通車。
平津黨部行將恢復。
法輪毆斃棧夥交涉。
王士珍舉殯記。
馮閣部下全解體。
湖北來鳳苗放雙穗。
冤魂為厲，未婚夫索命。
鬼擊人背。

十月八日

閩省戰事仍烈。
八路軍封鎖柳州交通。
安德思考古隊自蒙古返北平。
國貨時裝展覽。

轟動南洋之蕭信庵案。
學校當注重國文論。
追記鄭州飛機劫。
譚宅輓聯擇尤錄。
汪精衛突然失蹤。

十月九日

西北軍已解體，
外部發表英退庚款換文。
京衛戍部槍決人犯。
辛博森漸有起色。
國貨時裝展覽。
上海空前未有之跳舞遊藝大會。

十月十日

舉國歡騰慶祝雙十，
叛逆削平，全國歡祝國慶，蔣主席昨凱旋參與盛典。
津浦路暫仍分段通車。
首都槍決共犯九名。
林埭被匪洗劫。
老陳圩匪禍慘酷。
海盜騷擾豐利。
程豔秋慶祝國慶。
蔣麗霞不忘雙十。
南昌市取締赤足。
傷兵怒斥孫祖基。
今年之雙十節，可欣可賀，尤甚從前。

結語

我也說「今年之雙十節，可欣可賀，尤甚從前」罷。

十月一日

【附記】

這一篇沒有能夠刊出，大約是被誰抽去了的，蓋雙十盛典，「傷今」固難，「懷古」也不易了。

十月十三日

【注釋】

1 本篇收入本書前未能在報刊發表。

2 即雙十節。一九一一年十月十日武昌起義後，建立了中華民國，一九一二年九月二十八日臨時參議院決定以十月十日為國慶日。

重三感舊[1]

——一九三三年憶光緒朝末

豐之餘

我想讚美幾句一些過去的人，這恐怕並不是「骸骨的迷戀」[2]。

所謂過去的人，是指光緒末年的所謂「新黨」[3]，民國初年，就叫他們「老新黨」。甲午戰敗[4]，他們自以為覺悟了，於是要「維新」，便是三四十歲的中年人，也看《學算筆談》[5]，看《化學鑒原》[6]；還要學英文，學日文，硬著舌頭，怪聲怪氣的朗誦著，對人毫無愧色，那目的是要看「洋書」，看洋書的緣故是要給中國圖「富強」，現在的舊書攤上，還偶有「富強叢書」[7]出現，就如目下的「描寫字典」「基本英語」一樣，正是那時應運而生的東西。連八股出身的張之洞[8]，他託繆荃孫代做的《書目答問》也竭力添進各種譯本去，可見這「維新」風潮之烈了。

然而現在是別一種現象了。有些新青年，境遇正和「老新黨」相反，八股毒是絲毫沒有染過的，出身又是學校，也並非國學的專家，但是，學起篆字來了，填起詞來了，勸人看《莊子》《文選》[9]了，信封也有自刻的印板了，新詩也寫成方塊了，除掉做新詩的嗜好之外，簡直就如光緒初年的雅人一樣，所不同者，缺少辮子和有時穿穿洋服而已。

近來有一句常談，是「舊瓶不能裝新酒」[10]。這其實是不確的。舊瓶可以裝新酒，新瓶也可以裝舊酒，倘若不信，將一瓶五加皮和一瓶白蘭地互換起來試試看，五加皮裝在白蘭地瓶子裡，也還是五加皮。這一種簡單的試驗，不但明示著「五更調」「攢十字」[11]的格調，也可以放進新的內容去，且又證實了新式青年的軀殼裡，大可以埋伏下「桐城謬種」或「選學妖孽」[12]的嘍囉。

「老新黨」們的見識雖然淺陋，但是有一個目的：圖富強。所以他們堅決，切實；學洋話雖然怪聲怪氣，但是有一個目的：求富強之術。所以他們認真，熱心。待到排滿學說播布開來，許多人就成為革命黨了，還是因為要給中國圖富強，而以為此事必自排滿始。

排滿久已成功，五四早經過去，於是篆字、詞、《莊子》、《文選》、古式信封，方塊新詩，現在是我們又有了新的企圖，要以「古雅」立足於天地之間了。假使真能立足，那倒是給「生存競爭」添一條新例的。

十月一日

【注釋】

1 本篇最初發表於一九三三年十月六日《申報．自由談》時，題為《感舊》，無副題。

2 一九二一年十一月十二日斯提（葉聖陶）在《時事新報．文學旬刊》第十九期發表過一篇《骸骨之迷戀》，批評當時一些提倡白話文學的人有時還做文言文和舊詩詞的現象，以後這句話便常被引用為形容守舊者不能忘情過去的貶辭。

3 清末戊戌變法前後主張或傾向維新的人被稱為新黨；辛亥革命前後，由於出現主張徹底推翻清王朝的革命黨人，因而前者被稱為老新黨。

4 一八九四年（甲午）日本侵略朝鮮並對中國進行挑釁，發生中日戰爭。中國軍隊雖曾英勇作戰，但因清廷的動搖妥協而終告失敗，次年同日本訂立了喪權辱國的《馬關條約》。

5 十二卷，華蘅芳著，一八八二年（光緒八年）收入他的算學叢書《行素軒算稿》中，一八八五年刻印單行本。

6 六卷，英國韋而司撰，英國傅蘭雅口譯，無錫徐壽筆述。江南製造局翻譯館出版。

7 在清末洋務運動中，曾出現過「富強叢書」一類讀物。如一八九六年（清光緒二十二年）由張蔭桓編輯，鴻文書局石印的《西學富強叢書》，分算學、電學、化學、天文學等十二類，收書約七十種。

8 張之洞（一八三七－一九〇九）字孝達，直隸南皮（今屬河北）人，同治年間進士，清末提倡洋務運動的官僚之一。曾任四川學政、湖廣總督、軍機大臣。《書目答問》是他在一八七五年（光緒元年）任四川學政時所編（一說為繆荃孫代筆）。書中列有《新法算書》、《新譯幾何原本》等「西法」數學書多種。

繆荃孫（一八四四－一九一九），字筱珊，江蘇江陰人，清代藏書家、版本學家。

9 戰國時莊周著，現存三十三篇，亦名《南華經》。《文選》，南朝梁昭明太子蕭統編，內選秦漢至齊梁間的詩文，共三十卷，是我國現存最早的一部詩文總集。唐代李善為之作注，分為六十卷。

10 這原是歐洲流行的一句諺語，最初出於基督教《新約全書．馬太福音》第九章，耶穌說：「沒有人把新酒裝在舊皮袋裡；若是這樣，皮袋就裂開，酒漏出來，連皮袋也壞了。惟獨把新酒裝在新皮袋裡，兩樣就都保全了。」「五四」新文學運動興起以後，提倡白話文學的人，認為文言和舊形式不能表現新的內容，常引用這話作為譬喻。

11 亦稱「嘆五更」，民間曲調名。一般五疊，每疊十句四十八字，唐敦煌曲子中已見。「攢十字」，民間曲調名，每句十字，大體按三三四排列。

12 原為「五四」新文學運動初期，錢玄同攻擊當時摹仿桐城派古文或《文選》所選駢體文的舊派文人的話，見《新青年》第三卷第五號（一九一七年七月）他給陳獨秀的信中，當時曾經成為反對舊文學的流行用語。桐城派是清代古文流派之一，主要作家有方苞、劉大櫆，姚鼐等，都是安徽桐城人，所以稱他們和各地贊同他們文學主張的人為桐城派。

「感舊」以後（上）[1]

豐之餘

又不小心，感了一下子舊，就引出了一篇施蟄存[2]先生的〈《莊子》與《文選》〉來，以為我那些話，是為他而發的，但又希望並不是為他而發的。

我願意有幾句聲明：那篇《感舊》，是並非為施先生而作的，然而可以有施先生在裡面。

倘使專對個人而發的話，照現在的摩登文例，應該調查了對手的籍貫，出身，相貌，甚而至於他家鄉有什麼出產，他老子開過什麼鋪子，影射他幾句才算合式。我的那一篇裡可是毫沒有這些的。內中所指，是一大隊遺少群的風氣，並不指定著誰和誰；但也因為所指的是一群，所以被觸著的當然也不會少，即使不是整個，也是那裡的一肢一節，即使並不永遠屬於那一隊，但有時是屬於那一隊的。

現在施先生自說了勸過青年去讀《莊子》與《文選》，「為文學修養之助」，就自然和我所指摘的有點相關，但以為這文為他而作，卻誠然是「神經過敏」，我實在並沒有這意思。

不過這是在施先生沒有說明他的意見之前的話，現在卻連這「相關」也有些疏遠了，因為我所指摘的，倒是比較頑固的遺少群，標準還要高一點。

現在看了施先生自己的解釋，（一）才知道他當時的情形，是因為稿紙太小了，「倘再寬闊一點的話」，他「是想多寫幾部書進去的」；（二）才知道他先前的履歷，是「從國文教員轉到編雜誌」，覺得「青年人的文章太拙直，字彙太少」了，所以推舉了這兩部古書，使他們去學文法，尋字彙，「雖然其中有許多字是已死了的」，然而也只好去尋覓。我想，假如莊子生在今日，則被劈棺之後[3]，恐怕要勸一切有志於結婚的女子，都去看《烈女傳》[4]的罷。

還有一點另外的話——

（一）施先生說我用瓶和酒來比「文學修養」是不對的，但我並未這麼比方過，我是說有些新青年可以有舊思想，有些舊形式也可以藏新內容。我也以為「新文學」和「舊文學」這中間不能有截然的分界，然而有蛻變，有比較的偏向，而且正因為不能以「何者為分界」，所以也沒有了「第三種人」[5]的立場。

（二）施先生說寫篆字等類，都是個人的事情，只要不去勉強別人也做一樣的事情就好，這似乎是很對的。然而中學生和投稿者，是他們自己個人的文章太拙直，字彙太少，卻並沒有勉強別人都去做字彙少而文法拙直的文章，施先生為什麼竟大有所感，因此來勸「有志於文學的青年」該看《莊子》與《文選》了呢？做了考官，以詞取士，施先生是不以為然的，但一做教員和編輯，卻以《莊子》與《文選》勸青年，我真不懂這中間有怎樣的分界。

（三）施先生還舉出一個「魯迅先生」來，好像他承接了莊子的新道統，一切文章，都是讀《莊子》與《文選》讀出來的一般。「我以為這也有點武斷」的。他的文章中，誠然有許多字為《莊子》與《文選》中所有，例如「之乎者也」之類，但這些字眼，想來別的書上也不見得沒有罷。再說得露骨一點，則從這樣的書裡去找活字彙，簡直是糊塗蟲，恐怕施先生自己也未必。

十月十二日

【備考】

《莊子》與《文選》

施蟄存

上個月「大晚報」的編輯寄了一張印著表格的郵片來，要我填注兩項：（一）目下在讀什麼書，（二）要介紹給青年的書。

在第二項中，我寫著：《莊子》，《文選》，並且附加了一句注腳：「為青年文學修養之助。」

今天看見《自由談》上豐之餘先生的《感舊》一文，不覺有點神經過敏起來，以為豐先生這篇文章是為我而作的了。

但是現在我並不想對於豐先生有什麼辯難，我只想趁此機會替自己作一個解釋。

第一，我應當說明我為什麼希望青年人讀《莊子》和《文選》。近數年來，我的生活，從國文教師轉到編雜誌，與青年人的文章接觸的機會實在太多了。我總感覺到這些青年人的文章太拙直，字彙太少，所以在《大晚報》編輯寄來的狹狹的行格裡推薦了這兩部書。我以為從這兩部書中可以參悟一點做文章的方法，同時也可以擴大一點字彙（雖然其中有許多字是已死了的）。但是我當然並不希望青年人都去做《莊子》，《文選》一類的「古文」。

第二，我應當說明我只是希望有志於文學的青年能夠讀一讀這兩部書。我以為每一個文學者必須要有所借助於他上代的文學，我不懂得「新文學」和「舊文學」這中間究竟是以何者為分界的。在文學上，我以為「舊瓶裝新酒」與「新瓶裝舊酒」這譬喻是不對的。倘若我們把一個人的文學修養比之為酒，那麼我們可以這樣說：酒瓶的新舊沒有關係，但這酒必須是釀造出來的。

我勸文學青年讀《莊子》與《文選》，目的在要他們「釀造」，倘若《大晚報》編輯寄來的表格再寬闊一點的話，我是想再多寫幾部書進去的。

這裡，我們不妨舉魯迅先生來說，像魯迅先生那樣的新文學家，似乎可以算是十足的新瓶了。但是他的酒呢？純粹的白蘭地嗎？我就不能相信。沒有經過古文學的修養，魯迅先生的新文章絕不會寫到現在那樣好。所以，我敢說：在魯迅先生那樣的瓶子裡，也免不了有許多五加皮或紹興老酒的成分。

至於豐之餘先生以為寫篆字，填詞，用自刻印板的信封，都是不出身於學校，或國學專家們的事情，我以為這也有點武斷。這些其實只是個人的事情，如果寫篆字的人，不以篆字寫信，如果填詞的人做了官不以詞取士，如果用自刻印板信封的人不勉強別人也去刻一個專用信封，那也無須豐先生口誅筆伐地去認為「謬種」和「妖孽」了。

新文學家中，也有玩木刻，考究版本，收羅藏書票，以駢體文為白話書信作序，甚至寫字臺上陳列了小擺設的，照豐先生的意見說來，難道他們是「要以『今雅』立足於天地之間」嗎？我想他們也未必有此企圖。

臨了，我希望豐先生那篇文章並不是為我而作的。

十月八日《自由談》

【注釋】

1 本篇最初發表於一九三三年十月十五日《申報．自由談》。

2 施蟄存，江蘇松江人，作家。一九三二年至一九三四年曾主編《現代》雜誌。

3 莊子死後被劈棺的故事，見明代馮夢龍輯《警世通言》第二卷《莊子休鼓盆成大道》，大意說：莊子死後不久，他的妻子田氏便再嫁楚國王孫；成婚時，王孫突然心痛，他的僕人說要吃人的腦髓才會好，於是田氏便拿斧頭去劈棺，想取莊子的腦髓；不料棺蓋剛劈開，莊子便從棺內嘆一口氣坐了起來。

4 漢代劉向著有《列女傳》，內分「貞順」、「節義」等七類。這裡可能即指此書。

5 一九三一年至一九三二年，胡秋原，蘇汶（杜衡）自稱是居於文藝和左翼文藝兩個陣營之外的「自由人」、「第三種人」。他們宣揚「文藝自由」論，鼓吹文藝脫離政治，攻擊左翼文藝運動。蘇汶曾以《現代》雜誌為主要地盤。

「感舊」以後（下）[1]

豐之餘

還要寫一點。但得聲明在先，這是由施蟄存先生的話所引起，卻並非為他而作的。對於個人，我原稿上常是舉出名字來，然而一到印出，卻往往化為「某」字，或是一切闊人姓名，危險字樣，生殖機關的俗語的共同符號「××」了。我希望這一篇中的有幾個字，沒有這樣變化，以免誤解。

我現在要說的是：說話難，不說亦不易。弄筆的人們，總要寫文章，一寫文章，就難免惹災禍，黃河的水向薄弱的堤上攻，於是露臂膊的女人和寫錯字的青年，就成了嘲笑的對象了，他們也真是無拳無勇，只好忍受，恰如鄉下人到上海租界，除了拚出被稱為「阿木林」之外，沒有辦法一樣。

然而有些是冤枉的，隨手舉一個例，就是登在《論語》二十六期上的劉半農[2]先生「自注自批」的《桐花芝豆堂詩集》這打油詩。北京大學招考，他是閱卷官，從國文卷子上發見一個可笑的錯字，就來做詩，那些人被挖苦得真是要鑽地洞，那些剛畢業的中學生。自然，他是教授，凡所指摘，都不至於不對的，不過我以為有些卻還可有磋商的餘地。集中有一個「自注」道——

「有寫『倡明文化』者，余曰：倡即『娼』字，凡文化發達之處，娼妓必多，謂文化由娼妓而明，亦言之成理也。」

娼妓的娼，我們現在是不寫作「倡」的，但先前兩字通用，大約劉先生引據的是古書。不過要引古書，我記得《詩經》裡有一句「倡予和女」[3]，好像至今還沒有人解作「自己也做了婊子來應和別人」的意思。所以那一個錯字，錯而已矣，可笑可鄙卻不屬於它的。還有一句是——

「幸『萌科學思想之芽』。」

「萌」字和「芽」字旁邊都加著一個夾圈，大約是指明著可笑之處在這裡的罷，但我以為「萌芽」，「萌櫱」，固然是一個名詞，而「萌動」，「萌發」，就成了動詞，將「萌」字作動詞用，似乎也並無錯誤。

五四運動時候，提倡（劉先生或者會解作「提起婊子」來的罷）白話的人們，寫錯幾個字，用錯幾個古典，是不以為奇的，但因為有些反對者說提倡白話者都是不知古書，信口胡說的人，所以往往也做幾句古文，以塞他們的嘴。但自然，因為從舊壘中來，積習太深，一時不能擺脫，因此帶著古文氣息的作者，也不能說是沒有的。

當時的白話運動是勝利了，有些戰士，還因此爬了上去，但也因為爬了上去，就不但不再為白話戰鬥，並且將它踏在腳下，拿出古字來嘲笑後進的青年了。因為還正在用古書古字來笑人，有些青年便又以看古書為必不可省的工夫，以常用文言的作者為應該模仿的格式，不再從新的道路上去企圖發展，打出新的局面來了。

現在有兩個人在這裡：一個是中學生，文中寫「留學生」為「流學生」，錯了一個字；一個是大學教授，就得意洋洋的做了一首詩，曰：「先生犯了彌天罪，罰往西洋把學流，應是九流加一等，麵筋熬盡一鍋油。」[4]我們看罷，可笑是在那一面呢？

十月十二日

【注釋】

1 本篇最初發表於一九三三年十月十六日《申報．自由談》。

2 劉復（一八九一—一九三四），號半農，江蘇江陰人，歷任北京大學教授、北平大學女子文理學院院長等。他曾參加《新青年》編輯工作，是新文學運動初期重要作家之一。後留學法國，研究語音學，思想漸趨保守。著有《揚鞭集》、《瓦釜集》和《半農雜文》等。他的《桐花芝豆堂詩集》在《論語》半月刊上連續發表，下文所引詩及注，都出自集中的《閱卷雜詩》六首（載一九三三年十月一日《論語》第二十六期）。「有寫『倡明文化』者……」，係《雜詩》第一首的「自注」；「幸『萌科學思想之芽』」，係《雜詩》第六首中的一句；「先生犯了彌天罪……」係《雜詩》的第二首。

3 語見《詩經．鄭風．蘀兮》：「叔兮伯兮，倡予和女（汝）！」

4 據劉半農在這首詩的「自注」中說：「古時候九流，最遠不出國境，今流往外洋，是加一等治罪矣。昔吳稚老言：外國為大油鍋，留學生為油麵筋，謂其去時小而歸來大也。據此，流學生不特流而已也，且入油鍋地獄焉，阿要痛煞！」

黃禍[1]

尤剛

現在的所謂「黃禍」，我們自己是在指黃河決口了，但三十年之前，並不如此。那時是解作黃色人種將要席捲歐洲的意思的，有些英雄聽到了這句話，恰如聽得被白人恭維為「睡獅」一樣，得意了好幾年，準備著去做歐洲的主子。

不過「黃禍」這故事的來源，卻又和我們所幻想的不同，是出於德皇威廉[2]的。他還畫了一幅圖，是一個羅馬裝束的武士，在抵禦著由東方西來的一個人，但那人並不是孔子，倒是佛陀[3]，中國人實在是空歡喜。所以我們一面在做「黃禍」的夢，而有一個人在德國治下的青島[4]所見的現實，卻是一個苦孩子弄髒了電柱，就被白色巡捕提著腳，像中國人的對付鴨子一樣，倒提而去了。

現在希特拉的排斥非日爾曼民族思想，方法是和德皇一樣的。

德皇的所謂「黃禍」，我們現在是不再夢想了，連「睡獅」也不再提起，「地大物博，人口眾多」，文章上也不很看見。倘是獅子，自誇怎樣肥大是不妨事的，但如果是一口豬或一匹羊，肥大倒不是好兆頭。我不知道我們自己覺得現在好像是什麼了？

我們似乎不再想，也尋不出什麼「象徵」來，我們正在看海京伯[5]的猛獸戲，賞鑒獅虎吃牛肉，聽說每天要吃一隻牛。我們佩服國聯[6]的制裁日本，我們也看不起國聯的不能制裁日本；我們贊成軍縮[7]的「保護和平」，我們也佩服希特拉的退出軍縮；我們怕別國要以中國作戰場，我們也憎惡非戰大會。我們似乎依然是「睡獅」。

「黃禍」可以一轉而為「福」，醒了的獅子也會做戲的。當歐洲大戰時，我們有替人拚命的工人，青島被占了，我們有可以倒提的孩子。

但倘說，二十世紀的舞臺上沒有我們的份，是不合理的。

十月十七日

【注釋】

1 本篇最初發表於一九三三年十月二十日《申報·自由談》。

2 指德皇威廉二世（Wilhelm II，一八五九—一九四一）。他曾鼓吹「黃禍」論，並在一八九五年繪製了一幅題詞為「歐洲各國人民，保衛你們最神聖的財富！」的畫，畫上以基督教《聖經》中所說的上帝的天使長、英勇善戰的米迦勒（德國曾把他作為自己的保護神）象徵西方；以濃煙捲成的巨龍、佛陀象徵來自東方的威脅。按「黃禍」論興起於十九世紀末，盛行於二十世紀初，它宣稱中國、日本等東方黃種民族的國家是威脅歐洲的禍害，為西方帝國主義對東方的奴役、掠奪製造輿論。

3 梵文 Buddha 的音譯，簡稱佛，是佛教對「覺行圓滿」者的稱呼。

4 青島於一八九七年被德帝國主義強佔，第一次世界大戰期間又為日本帝國主義佔領，一九二二年由我國收回。

5 海京伯（C.Hagenbeck，一八四四—一九一三），德國馴獸家，一八八七年創辦海京伯馬戲團。該團於一九三三年十月來我國上海演出。

6 即國際聯盟，第一次世界大戰後由英、法等成立的國際組織。一九三一年九一八事變後，政府對日本侵略採取不抵抗政策，聲稱要期待國聯的「公理判決」。一九三二年四月國聯派調查團來中國，十月發表名為調解中日爭端實則偏袒日本的報告書，主張東北各省脫離中國由國際共管，但日本帝國主義為達到其獨佔中國的目的，無視國聯意見，於一九三三年五月退出國聯。

7 指國際軍縮（即裁軍）會議，一九三二年二月起在日內瓦召開。當時中國一些報刊曾讚揚軍縮會議，散佈和平幻想。一九三三年十月希特勒宣佈德國退出軍縮會議，一些報刊又為希特勒擴軍備戰進行辯護，如同年十月十七日《申報》載《德國退出軍縮會議後的動向》一文說：德國此舉乃「為準備自己，原無不當，且亦適合於日爾曼民族之傳統習慣」。

衝[1]

旅隼

「推」和「踢」只能死傷一兩個，倘要多，就非「衝」不可。

十三日的新聞上載著貴陽通信[2]說，九一八紀念，各校學生集合遊行，教育廳長譚星閣臨事張惶，乃派兵分據街口，另以汽車多輛，向行列衝去，於是發生慘劇，死學生二人，傷四十餘，其中以正誼小學學生為最多，年僅十齡上下耳。……

我先前只知道武將大抵通文，當「枕戈待旦」[3]的時候，就會做駢體電報，這回才明白雖是文官，也有深諳韜略的了。田單曾經用過火牛[4]，現在代以汽車，也確是二十世紀。

「衝」是最爽利的戰法，一隊汽車，橫衝直撞，使敵人死傷在車輪下，多麼簡截；「衝」也是最威武的行為，機關一扳，風馳電掣，使對手想回避也來不及，多麼英雄。各國的兵警，喜歡用水龍衝，俄皇[5]曾用哥薩克馬隊衝，都是快舉。各地租界上我們有時會看見外國兵的坦克車在出巡，這就是倘不恭順，便要來衝的傢伙。

汽車雖然並非衝鋒的利器，但幸而敵人卻是小學生，一匹疲驢，真上戰場是萬萬不行的，不過在嫩草地上飛跑，騎士坐在上面暗嗚叱吒，卻還很能勝任愉快，雖然有些人見了，難免覺得滑稽。

十齡上下的孩子會造反，本來也難免覺得滑稽的。但我們中國是常出神童的地方，一歲能畫，兩歲能詩，七齡童做戲，十齡童從軍，十幾齡童做委員，原是常有的事實；連七八歲的女孩也會被凌辱，從別人看來，是等於「年方花信」[6]的了。

況且「衝」的時候，倘使對面是能夠有些抵抗的人，那就汽車會弄得不爽利，衝者也就不英雄，所以敵人總須選得嫩弱。流氓欺鄉下老，洋人打中國人，教育廳長衝小學生，都是善於克敵的豪傑。

「身當其衝」，先前好像不過一句空話，現在卻應驗了，這應驗不但在成人，而且到了小孩子。「嬰兒殺戮」[7]算是一種罪惡，已經是過去的事，將乳兒拋上空中去，接以槍尖，不過看作一種玩把戲的日子，恐怕也就不遠了罷。

十月十七日

【注釋】

1 本篇最初發表於一九三三年十月二十二日《申報．自由談》。

2 見一九三三年十月十三日《申報》載國聞社重慶通訊。按當時國民黨貴州省政府主席為王家烈，他和教育廳長譚星閣等都是這次慘案的主謀；事後他們嚴密檢查郵電，消息在慘案發生後二十餘日才由重慶傳出。

3 語見《晉書．劉琨傳》：「（琨）與親故書曰：『吾枕戈待旦，志梟逆虜，常恐祖生先吾著鞭。』九一八事變後，國民黨將領常在通電中引用這句成語。

4 田單，戰國時齊國人。據《史記．田單列傳》，燕伐齊，破齊七十餘城，齊軍退守莒和即墨；後來田單在即墨用火牛大破燕軍，盡復失地。

5 指舊俄最末的一個沙皇尼古拉二世（НиколайII，一八六八—一九一八）。一九〇五年一月二十二日（俄國舊曆一月九日）他曾令哥薩克馬隊在冬宮前衝擊和屠殺請願群眾。

6 指女子正當成年時期。花信，花開的消息。

7 見基督教的《新約全書．馬太福音》第二章，其中說：當猶太希律王的時候，耶穌生在猶太的伯利恆，希律王知道了，心裡很不安。「有主的使者向約瑟（按約瑟是馬利亞的丈夫，馬利亞在婚前受聖靈感動懷孕，婚後生子耶穌）夢中顯現，說：『起來，帶著小孩子同他母親，逃往埃及，……因為希律必尋找小孩子要除滅他。』」他們走後，希律「就大大發怒，差人將伯利恆城裡，並四境所有的男孩，……凡兩歲以內的，都殺盡了。」

「滑稽」例解[1]

葦索

研究世界文學的人告訴我們：法人善於機鋒，俄人善於諷刺，英美人善於幽默。這大概是真確的，就都為社會狀態所制限。慨自語堂[2]大師振興「幽默」以來，這名詞是很通行了，但一普遍，也就伏著危機，正如軍人自稱佛子，高官忽掛念珠，而佛法就要涅槃一樣。倘若油滑，輕薄，猥褻，都蒙「幽默」之號，則恰如「新戲」[3]之入「×世界」，必已成為「文明戲」也無疑。

這危險，就因為中國向來不大有幽默。只是滑稽是有的，但這和幽默還隔著一大段，日本人曾譯「幽默」為「有情滑稽」，所以別於單單的「滑稽」，即為此。那麼，在中國，只能尋得滑稽文章了？卻又不。中國之自以為滑稽文章者，也還是油滑，輕薄，猥褻之談，和真的滑稽有別。這「狸貓換太子」[4]的關鍵，是在歷來的自以為正經的言論和事實，大抵滑稽者多，人們看慣，漸漸以為平常，便將油滑之類，誤認為滑稽了。

在中國要尋求滑稽，不可看所謂滑稽文，倒要看所謂正經事，但必須想一想。

這些名文是俯拾即是的，譬如報章上正正經經的題目，什麼「中日交涉漸入佳境」呀，「中國到那裡去」呀，就都是的，咀嚼起來，真如橄欖一樣，很有些回味。

見於報章上的廣告的，也有的是。我們知道有一種刊物，自說是「輿論界的新權威」[5]，「說出一般人所想說而沒有說的話」，而一面又在向別一種刊物「聲明誤會，表示歉意」，但又說是「按雙方均為社會有聲譽之刊物，自無互相攻訐之理」。「新權威」而善於「誤會」，「誤會」了而偏「有聲譽」，「一般人所想說而沒有說的話」卻是誤會和道歉：這要不笑，是必須不會思索的。

見於報章的短評上的，也有的是。例如九月間《自由談》所載的《登龍術拾遺》上，以做富家女婿為「登龍」之一術，不久就招來了一篇反攻，那開首道：「狐狸吃不到葡萄，說葡萄是酸的，自己娶不到富妻子，於是對於一切有富岳家的人發生了妒嫉，妒嫉的結果是攻擊。」[6]這也不能想一下。一想「的結果」，便分明是這位作者在表明他知道「富妻子」的味道是甜的了。

諸如此類的妙文，我們也嘗見於冠冕堂皇的公文上：而且並非將它漫畫化了的，卻是它本身原來是漫畫。《論語》一年中，我最愛看「古香齋」[7]這一欄，如四川營山縣長禁穿長衫令云：「須知衣服蔽體已足，何必前拖後曳，消耗布匹？且國勢衰弱，……顧念時艱，後患何堪設想？」又如北平社會局禁女人養雄犬文云：「查雌女雄犬相處，非僅有礙健康，更易發生無恥穢聞，揆之我國禮義之邦，亦為習俗所不許。謹特通令嚴禁……凡婦女帶養之雄犬，斬之無赦，以為取締！」這那裡是滑稽作家所能憑空寫得出來的？

不過「古香齋」裡所收的妙文，往往還傾於奇詭，滑稽卻不如平淡，惟其平淡，也就加滑稽，在這一標準上，我推選「甜葡萄」說。

十月十九日

【注釋】

1 本篇最初發表於一九三三年十月二十六日《申報．自由談》。

2 林語堂（一八九五－一九七六），福建龍溪人，作家。他在三十年代初主編《論語》半月刊，聲稱「以提倡幽默文字為主要目標」（見《論語》第三期《我們的態度》）。

3 我國話劇興起於二十世紀初，最早稱為「新劇」（「新戲」），又稱「文明戲」，二十年代末「話劇」名稱確立以後，一般仍稱當時上海大世界、新世界等遊藝場演出的比較通俗的話劇為文明戲。

4 從《宋史．李宸妃傳》宋仁宗（趙禎）生母李宸妃不敢認子的記載演變而來的傳說。清代石玉昆編述的公案小説《三俠五義》中寫有這個故事，情節是：宋真宗無子，劉、李二妃皆懷孕，劉妃為爭當皇后，與太監密謀，在李妃生子時，用一隻剝皮的狸貓將小孩換下來。

5 「輿論界的新權威」等語，見邵洵美主辦的《十日談》創刊時的廣告，載一九三三年八月十日《申報》。下面「聲明誤會」等語，見該刊向《晶報》「表示歉意」的廣告，參看本書《後記》。

6 見一九三三年九月六日國民黨機關報《中央日報》所載聖閒《「女婿」的蔓延》一文，參看本書《後記》。

7 是《論語》半月刊自第四期起增闢的一個欄目，刊載當時各地記述荒謬事件的新聞和文字。以下所舉兩令文，均見第十八期（一九三三年六月一日）該欄內。

外國也有[1]

符靈

凡中國所有的，外國也都有。

外國人說中國多臭蟲，但西洋也有臭蟲；日本人笑中國人好弄文字，但日本人也一樣的弄文字。不抵抗的有甘地[2]；禁打外人的有希特勒[3]；狄昆希[4]吸鴉片；陀思妥夫斯基[5]賭得發昏。斯惠夫德[6]帶枷，馬克斯反動。林白[7]大佐的兒子，就給綁匪綁去了。而裹腳和高跟鞋，相差也不見得有多麼遠。

只有外國人說我們不問公益，只知自利，愛金錢，卻還是沒法辯解。民國以來，有過許多總統和闊官了，下野之後，都是麵團團的，或賦詩，或看戲，或念佛，吃著不盡，真也好像給批評者以證據。不料今天卻被我發現了：外國也有的！

「十七日哈伐那電——避居加拿大之古巴前總統麥查度……在古巴之產業，計值八百萬美元，凡能對渠擔保收回此項財產者，無論何人，渠願與以援助。又一消息，謂古巴政府已對麥及其舊僚屬三十八人下逮捕令，並扣押渠等之財產，其數達二千五百萬美元。……」

以三十八人之多，而財產一共只有這區區二千五百萬美元，手段雖不能謂之高，但有些近乎發財卻總是確鑿的，這已足為我們的「上峰」雪恥。不過我還希望他們在外國買有地皮，在外國銀行裡另有存款，那麼，我們和外人折衝樽俎[8]的時候，就更加振振有辭了。

假使世界上只有一家有臭蟲，而遭別人指摘的時候，實在也不大舒服的，但捉起來卻也真費事。況且北京有一種學說，說臭蟲是捉不得的，越捉越多。即使捉盡了，又有什麼價值呢，不過是一種消極的辦法。最好還是希望別家也有臭蟲，而竟發現了就更好。發現，這是積極的事業。哥倫布[9]與愛迪生也不過有了發現或發明而已。

與其勞心勞力，不如玩跳舞，喝咖啡。外國也有的，巴黎就有許多跳舞場和咖啡店。

即使連中國都不見了，也何必大驚小怪呢，君不聞迦勒底與馬基頓乎？[10]——

外國也有的！

十月十九日

【注釋】

1 本篇最初發表於一九三三年十月二十三日《申報．自由談》。

2 甘地（M.Gandhi，一八六九－一九四八），印度民族獨立運動領袖。他提出「非暴力抵抗」口號，發起「不合作運動」，領導印度人民反抗當時統治印度的英國殖民政府。

3 據一九三三年八月二十一日《申報》載：德國國社黨衝鋒隊隊員毆傷美國醫生慕爾比希，希特勒出於外交需要，即派員赴美使館道歉，並下令禁止衝鋒隊毆打外僑。

4 狄．昆希（T.De Quincey，一七八五－一八五九），英國散文家。曾服食鴉片；著有《一個吃鴉片的英國人的懺悔》，於一八二二年出版。

5 陀思妥夫斯基（ФМДостоевский，一八二一－一八八一）通譯杜斯妥耶夫斯基，俄國作家。主要作品有長篇小說《窮人》、《被侮辱與被損害的》、《罪與罰》等。在他夫人的回憶錄中曾談到他賭博的事，並引有陀思妥耶夫斯基在一八七一年四月二十八日信中的話說：「那個使我痛苦了十年的下流的幻想……消失了。我以前老是夢想贏錢，夢想得很厲害，很熱烈，……賭博將我全身縛住了。……但是現在我要想到工作，我不再像以前那樣夜夜夢想著賭博的結果了。」

6 斯惠夫德（J.Swift，一六六七－一七四五），通譯斯威夫特，英國作家。著有《格列佛遊記》等。魯迅這裡所說，似係另一英國作家、《魯濱遜飄流記》的著者笛福（D.Defoe，一六六〇－一七三一）之誤。一七〇三年笛福曾為了一本諷刺教會的小冊子《懲治不從國教者的捷徑》，被英國政府逮捕，同年七月二十九日至三十一日，被罰在鬧市帶枷示眾三天。

7 林白（C.A.Lindbergh，一九〇二—一九七四），美國飛行家，一九二七年五月首次駕機橫渡大西洋，完成由紐約到巴黎的不著陸飛行，獲空軍預備隊上校銜。一九三二年三月，他的兒子在紐約被綁匪綁去。

8 語出《晏子春秋．內篇雜上》。原指諸侯在會盟的宴席上制勝對方，後泛指外交談判。

9 哥倫布（C.Columbus，約一四五一—一五〇六），義大利探險家，美洲大陸的發現者。愛迪生（Thomas Alva Edison，一八四七—一九三一），美國發明家，有很多發明，如電燈、電報、電話、電影機、留聲機等。

10 迦勒底（Chaldaea），古代西亞經濟繁盛的奴隸制國家，又稱新巴比倫王國。西元前六二六年建立，前五三八年為波斯人所滅。馬基頓（Macedonia），通譯馬其頓，古代巴爾幹半島中部的奴隸制軍事強國，約形成於西元前六世紀，前二世紀被羅馬帝國吞併。

撲空[1]

豐之餘

自從《自由談》上發表了我的《感舊》和施蟄存先生的《〈莊子〉與〈文選〉》以後，《大晚報》[2]的《火炬》便在徵求展開的討論。首先徵到的是施先生的一封信，題目曰《推薦者的立場》，注云「《莊子》與《文選》的論爭」。

但施先生又並不願意「論爭」，他以為兩個人作戰，正如弧光燈下的拳擊手，無非給看客好玩。這是很聰明的見解，我贊成這一肢一節。不過更聰明的是施先生其實並非真沒有動手，他在未說退場白之前，早已揮了幾拳了。揮了之後，飄然遠引，倒是最超脫的拳法。現在只剩下一個我了，卻還得回一手，但對面沒人也不要緊，我算是在打「逍遙遊」[3]。

施先生一開首就說我加以「訓誨」，而且派他為「遺少的一肢一節」。上一句是誣賴的，我的文章中，並未對於他個人有所勸告。至於指為「遺少的一肢一節」，卻誠然有這意思，不過我的意思，是以為「遺少」也並非怎麼很壞的人物。新文學和舊文學中間難有截然的分界，施先生是承認的，辛亥革命去今不過二十二年，則民國人中帶些遺少氣，遺老氣，甚而至於封建氣，也還不算甚麼大怪事，更何況如施先生自己所說，「雖然不敢自認為遺少，但的確已消失了少年的活力」的呢，過去的餘氣當然要有的。但是，只要自己知道，別人也知道，能少傳授一點，那就好了。

我早經聲明，先前的文字是並非專為他個人而作的，而且自看了《〈莊子〉與〈文選〉》之後，則連這「一肢一節」也已經疏遠。為什麼呢，因為在推薦給青年的幾部書目上，還題出著別一個極有意味的問題：其中有一種是《顏氏家訓》[4]。這《家訓》的作者，生當亂世，由齊入隋，一直是胡勢大張的時候，他在那書裡，也談古典，論文章，儒士似的，卻又歸心於佛，而對於子弟，則願意他們學鮮卑語，彈琵琶，以服事貴人——胡人。

這也是庚子義和拳[5]敗後的達官、富翁、鉅賈、士人的思想，自己念佛，子弟卻學些「洋務」，使將來可以事人：便是現在，抱這樣思想的人恐怕還不少。而這顏氏的渡世法，竟打動了施先生的心了，還推薦於青年，算是「道德修養」。

他又舉出自己在讀的書籍，是一部英文書和一部佛經[6]，正為「鮮卑語」和《歸心篇》[7]寫照。只是現代變化急速，沒有前人的悠閒，新舊之爭，又正劇烈，一下子看不出什麼頭緒，他就也只好將先前兩代的「道德」，並萃於一身了。

假使青年、中年、老年，有著這顏氏式道德者多，則在中國社會上，實是一個嚴重的問題，有蕩滌的必要。自然，這雖為書目所引起，問題是不專在個人的，這是時代思潮的一部。但因為連帶提出，表面上似有太關涉了某一個人之觀，我便不敢論及了，可以和他相關的只有「勸人看《莊子》《文選》了」八個字，對於個人，恐怕還不能算是不敬的。但待到看了《〈莊子〉與〈文選〉》，卻實在生了一點不敬之心，因為他辯駁的話比我所預料的還空虛，但仍給以正經的答覆，那便是《感舊以後》（上）。

然而施先生的寫在看了《感舊以後》（上）之後的那封信，卻更加證明了他和我所謂「遺少」的疏遠。他雖然口說不來拳擊，那第一段卻全是對我個人而發的。現在介紹一點在這裡，並且加以注解。

施先生說：「據我想起來，勸青年看新書自然比勸他們看舊書能夠多獲得一些群眾。」這是說，勸青年看新書的，並非為了青年，倒是為自己要多獲些群眾。

施先生說：「我想借貴報的一角篇幅，將……書目改一下：我想把《莊子》與《文選》改為魯迅先生的《華蓋集》正續編及《偽自由書》。我想，魯迅先生為當代『文壇老將』，他的著作裡是有著很廣大的活字彙的，而且據豐之餘先生告訴我，魯迅先生文章裡的確也有一些從《莊子》與《文選》裡出來的字眼，譬如『之乎者也』之類。這樣，我想對於青年人的效果也是一樣的。」這一大堆的話，是說，我之反對推薦《莊子》與《文選》，是因為恨他沒有推薦《華蓋集》正續編與《偽自由書》的緣故。

施先生說：「本來我還想推薦一、二部豐之餘先生的著作，可惜坊間只有豐子愷[8]先生的書，而沒有豐之餘先生的書，說不定他是像魯迅先生印珂羅版木刻圖一樣的是私人精印本，屬於罕見書之列，我很慚愧我的孤陋寡聞，未能推薦矣。」

這一段話，有些語無倫次了，好像是說：我之反對推薦《莊子》與《文選》，是因為恨他沒有推薦我的書，然而我又並無書，然而恨他不推薦，可笑之至矣。

這是「從國文教師轉到編雜誌」，勸青年去看《莊子》與《文選》，《論語》，《孟子》[9]，《顏氏家訓》的施蟄存先生，看了我的《感舊以後》（上）一文後，「不想再寫什麼」而終於寫出來了的文章，辭退做「拳擊手」，而先行拳擊別人的拳法。但他竟毫不提主張看《莊子》與《文選》的較堅實的理由，毫不指出我那《感舊》與《感舊以後》（上）兩篇中間的錯誤，他只有無端的誣賴，自己的猜測，撒嬌，裝傻。幾部古書的名目一撕下，「遺少」的肢節也就跟著渺渺茫茫，到底是現出本相：明明白白的變了「洋場惡少」了。

十月二十日

【備考】

推薦者的立場——《莊子》與《文選》之論爭　施蟄存

萬秋先生：

我在貴報向青年推薦了兩部舊書，不幸引起了豐之餘先生的訓誨，把我派做「遺少中的一肢一節」。自從讀了他老人家的《感舊以後》（上）一文後，我就不想再寫什麼，因為據我想起來，勸新青年看新書自然比勸他們看舊書能夠多獲得一些群眾。

豐之餘先生畢竟是老當益壯，足為青年人的領導者。至於我呢，雖然不敢自認為遺少，但的確已消失了少年的活力，在這萬象皆秋的環境中，即使豐之餘先生那樣的新精神，亦已不夠振拔我的中年之感了。所以，我想借貴報一角篇幅，將我在九月二十九日貴報上發表的推薦給青年的書目改一下：我想把《莊子》與《文選》改為魯迅先生的《華蓋集》正續編及《偽自由書》。我想，魯迅先生為當代「文壇老將」，他的著作裡是有著很廣大的活字彙的，而且據豐之餘先生告訴我，魯迅先生文章裡的確也有一些從《莊子》與《文選》裡出來的字眼，譬如「之乎者也」之類。

這樣，我想對於青年人的效果也是一樣的。本來我還想推薦一二部豐之餘先生的著作，可惜坊間只有豐子愷先生的書，而沒有豐之餘先生的書，說不定他是像魯迅先生印珂羅版木刻圖一樣的是私人精印本，屬於罕見書之列，我很慚愧我的孤陋寡聞，未能推薦矣。

此外，我還想將豐之餘先生介紹給貴報，以後貴報倘若有關於徵求意見之類的計畫，大可設法寄一份表格給豐之餘先生，我想一定能夠供給一點有價值的意見的。不過，如果那徵求是與「遺少的一肢一節」有關係的話，那倒不妨寄給我。

看見昨天的貴報，知道你預備將這樁公案請貴報的讀者來參加討論。我不知能不能請求你取銷這個計畫。我常常想，兩個人在報紙上作文字戰，其情形正如弧光燈下的拳擊手，而報紙編輯正如那趕來趕去的瘦裁判，讀者呢，就是那些在黑暗裡的無理智的看客。瘦裁判總希望拳擊手一回合又一回合地打下去，直到其中的一個倒了下來，One，Two，Three……站不起來，於是跑到那喘著氣的勝者身旁去，舉起他的套大皮手套的膀子，高喊著「Mr.X Win the Champion.」你試想想看，這豈不是太滑稽嗎？

現在呢，我不幸而自己做了這兩個拳擊手中間的一個，但是我不想為了瘦裁判和看客而繼續扮演這滑稽戲了。並且也希望你不要做那瘦裁判。你不看見今天《自由談》上止水先生的文章中引著那幾句俗語嗎？「舌頭是扁的，說話是圓的」，難道你以為從讀者的討論中會得有真是非產生出來呢？

施蟄存。十月十八日

十月十九日，《大晚報》《火炬》

《撲空》正誤

豐之餘

前幾天寫《撲空》的時候，手頭沒有書，涉及《顏氏家訓》之處，僅憑記憶，後來怕有錯誤，設法覓得原書來查了一查，發見對於顏之推的記述，是我弄錯了。

其《教子篇》云：

「齊朝有一士大夫，嘗謂吾曰：我有一兒，年已十七，頗曉書疏，教其鮮卑語，及彈琵琶，稍欲通解，以此伏事公卿，無不寵愛，亦要事也。吾時冊而不答。異哉此人之教子也。若由此業，自致卿相，亦不願汝曹為之。」

然則齊士的辦法，是庚子以後官商士紳的辦法，施蟄存先生卻是合齊士與顏氏的兩種典型為一體的，也是現在一部分的人們的辦法，可改稱為「北朝式道德」，也還是社會上的嚴重的問題。

對於顏氏，本應該十分抱歉的，但他早經死去了，謝罪行否都不相干，現在只在這裡對於施先生和讀者訂正我的錯誤。

十月二十五日

突圍

施蟄存

對於豐之餘先生，我的確曾經「打了幾拳」，這也許會成為我畢生的遺憾。但是豐先生作《撲空》，其實並未「空」，還是撲的我，站在豐先生那一方面（或者說站在正邪說那方面）的文章卻每天都在「剿」我，而我卻真有「一個人的受難」之感了。

但是，從《撲空》一文中我發現了豐先生作文的邏輯，他說「我早經聲明，先前的文字並非專為他個人而發的」。但下文卻有「因為他辯駁的話比我所預料的還空虛」。不專為我而發，但已經預料我會辯駁，這又該作何解？

因為被人「指摘」了，我也覺得《莊子》與《文選》這兩本書誠有不妥處，於是在給《大晚報》編輯的信裡，要求他許我改兩部新文學書，事實確是如此的。我並不說豐先生是恨我沒有推薦這兩部新文學書而「反對《莊子》與《文選》」的，而豐先生卻說我存著這樣的心思，這又豈是「有倫次」的話呢？

豐先生又把話題搭到《顏氏家訓》，又搭到我自己正在讀的兩本書，併為一談，說推薦《顏氏家訓》是在教青年學鮮卑語、彈琵琶，以服事貴人，而且我還以身作則，在讀一本洋書；說顏之推是「儒士似的，卻又歸心於佛」，因而我也看一本佛書；從豐先生的解釋看起來，竟連我自己也失笑了，天下事真會這樣巧！

我明明記得，《顏氏家訓》中的確有一個故事，說有人教子弟學鮮卑語，學琵琶，但我還記得底下有一句：「亦不願汝曹為之」，可見顏之推並不勸子弟讀外國書。今天豐先生有「正誤」了，他把這故事更正了之後，卻說：「施蟄存先生卻是合齊士與顏氏的兩種典型為一體的。」這個，我倒不懂了，難道我另外還介紹過一本該「齊士」的著作給青年人嗎？如果豐先生這邏輯是根據於「自己讀外國書即勸人學鮮卑語」，那我也沒話可說了。

豐先生似乎是個想為儒家爭正統的人物，不然何以對於顏之推受佛教影響如此之鄙薄呢？何以對於我自己看一本《釋迦傳》如此之不滿呢？這裡，有兩點可以題出來：

（一）《顏氏家訓》一書之價值是否因《歸心篇》而完全可以抹殺？況且顏氏雖然為佛教張目，但他倒並不鼓吹出世，逃避現實，他也不過列舉佛家與儒家有可以並行不悖之點，而採佛家報應之說，以補儒家道德教訓之不足，這也可以說等於現在人引《聖經》或《可蘭經》中的話一樣。

（二）我看一本《佛本行經》，其意義也等於看一本《謨罕默德傳》或《基督傳》，既無皈佛之心，更無勸人學佛之行，而豐先生的文章卻說是我的「渡世法」，妙哉言乎，我不免取案頭的一本某先生舍金上梓的《百喻經》而引為同志矣。

我以為對於豐先生，雖然文字上有點太鬧意氣，但的確還是表示尊敬的，但看到《撲空》這一篇，他竟罵我為「洋場惡少」了，切齒之聲儼若可聞，我雖

「惡」，卻也不敢再惡到以相當的惡聲相報了。我呢，套一句現成詩：「十年一覺文壇夢，贏得洋場惡少名」，原是無足重輕，但對於豐先生，我想該是會得後悔的。今天讀到《〈撲空〉正誤》，則又覺得豐先生所謂「無端的誣賴，自己的猜測，撒嬌，裝傻」，又正好留著給自己「寫照」了。

【附注】

《大晚報》上那兩個標題並不是我自己加的，我並無「立場」，也並不願意因我之故而使《莊子》與《文選》這兩部書爭吵起來。

右答豐之餘先生。（二十七日）

十月三十一行，十一月一日，《自由談》

【注釋】

1 本篇最初發表於一九三三年十月二十三、二十四日《申報．自由談》。

2 一九三二年二月十二日在上海創刊，創辦人張竹平，一九四九年五月二十五日停刊。該報自一九三三年四月起，增出《火炬》副刊，由崔萬秋主編。

3 原為《莊子》書中的篇名，這裡是借用。

4 北齊顏之推著。顏本為南朝梁人，後投奔鮮卑族政權北齊。隋初，太子召為學士。他生活的時代，正是經過五胡之亂，鮮卑族居統治地位的時期。

5 即義和團，清末我國北方農民和手工業者武裝反對帝國主義的自發的群眾組織。一九〇〇年（庚子）曾英勇抗擊八國聯軍的侵略，後來在帝國主義和清政府的聯合鎮壓下遭到失敗。

6 施蟄存在《大晚報》徵求答案的表格「目下所讀之書」欄內，填了一部《文學批評之原理》（英國李卻茲著）和一部《佛本行經》。

7 是《顏氏家訓》中的一篇。主旨在說明「內（佛）外（儒）兩教，本為一體」，而對一些人加於佛教的批評和懷疑作種種解釋，篇末並舉有因果報應的例子數條。參看本篇「備考」《突圍》。

8 豐子愷（一八九八－一九七五） 浙江桐鄉人，美術家、散文家。

9 儒家經典，是記載戰國中期儒家代表人物孟軻的言行的書，由他的弟子纂輯而成。

答「兼示」[1]

豐之餘

前幾天寫了一篇《撲空》之後，對於什麼「《莊子》與《文選》」之類，本也不想再說了。第二天看見了《自由談》上的施蟄存先生《致黎烈文[2]先生書》，也是「兼示」我的，就再來說幾句。因為施先生駁覆我的三項，我覺得都不中肯——

（一）施先生說，既然「有些新青年可以有舊思想，有些舊形式也可以藏新內容」，則像他似的「遺少之群中的一肢一節」的舊思想也可以存而不論，而且寫《莊子》那樣的古文也不妨了。自然，倘要這樣寫，也可以說「不妨」的，宇宙絕不會因此破滅。但我總以為現在的青年，大可以不必捨白話不寫，卻另去熟讀了《莊子》，學了它那樣的文法來寫文章。至於存而不論，那固然也可以，然而論及又有何妨呢？施先生對於青年之文法拙直，字彙少，和我的《感舊》，不是就不肯「存而不論」麼？

（二）施先生以為「以詞取士」，和勸青年看《莊子》與《文選》有「強迫」與「貢獻」之分，我的比例並不對。但我不知道施先生做國文教員的時候，對於學生的作文，是否以富有《莊子》文法與《文選》字彙者為佳文，轉為編輯之後，也以這樣的作品為上選？假使如此，則倘作「考官」，我看是要以《莊子》與《文選》取士的。

（三）施先生又舉魯迅的話，說他曾經說過：一，「少看中國書，其結果不過不能作文而已。」[3]可見是承認了要能作文，該多看中國書；二，「……我以為倘要弄舊的呢，倒不如姑且靠著張之洞的《書目答問》去摸門徑去。」就知道沒有反對青年讀古書過。這是施先生忽略了時候和環境。他說一條的那幾句的時候，正是許多人大叫要作白話文，也非讀古書不可之際，所以那幾句是針對他們而發的，猶言即使恰如他們所說，也不過不能作文，而去讀古書，卻比不能作文之害還大。至於二，則明明指定著研究舊文學的青年，和施先生的主張，涉及一般的大異。倘要弄中國上古文學史，我們不是還得看《易經》與《書經》[4]麼？

其實，施先生說當他填寫那書目的時候，並不如我所推測那樣的嚴肅，我看這話倒是真實的。我們試想一想，假如真有這樣的一個青年後學，奉命惟謹，下過一番苦功之後，用了《莊子》的文法，《文選》的語彙，來寫發揮《論語》《孟子》和《顏氏家訓》的道德的文章，「這豈不是太滑稽嗎」？

然而我的那篇《懷舊》是嚴肅的。我並非為要「多獲群眾」，也不是因為恨施先生沒有推薦《華蓋集》正續編及《偽自由書》；更不是別有「動機」，例如因為做學生時少得了分數，或投稿時被沒收了稿子，現在就借此來報私怨。

十月二十一日

【備考】

致黎烈文先生書

——兼示豐之餘先生

施蟄存

烈文兄：

那天電車上匆匆一晤，我因為要到民九社書鋪去買一本看中意了的書，所以在王家沙下車了。但那本書終於因價錢不合，沒有買到，徒然失去了一個與你多談一刻的機會，甚悵悵。

關於「《莊子》與《文選》」問題，我絕不再想說什麼話。本來我當時填寫《大晚報》編輯部寄來的那張表格的時候，並不含有如豐先生的意見所看出來的那樣嚴肅。我並不說每一個青年必須看這兩部書，也不是說每一個青年只要看這兩部書，也並不是說我只有這兩部書想推薦。大概報紙副刊的編輯，想借此添一點新花樣，而填寫者也大都是偶然覺得有什麼書不妨看看，就隨手寫下了。早知這一寫竟會闖出這樣大的文字糾紛來，即使《大晚報》副刊編者崔萬秋先生給我磕頭我也不肯寫的。今天看見《濤聲》第四十期上有一封曹聚仁先生給我的信，最後一句是：「沒有比這兩部書更有利於青年了嗎？敢問。」

這一問真問得我啼笑皆非了。（曹聚仁先生的信態度很真摯，我將有一封覆信給他，也許他會得刊在《濤聲》上，我希望你看一看。）

對於豐之餘先生我也不願再冒犯他，不過對於他在《感舊》（上）那一篇文章裡三點另外的話覺得還有一點意見——

（一）豐先生說：「有些新青年可以有舊思想，有些舊形式也可以藏新內容。」是的，新青年尚且可以有舊思想，那麼像我這種「遺少之群中的一肢一節」之有舊思想似乎也可以存而不論的了。至於舊形式也可以藏新內容，則似乎寫《莊子》那樣的古文也不妨，只要看它的內容如何罷了。

（二）豐先生說不懂我勸青年看《莊子》與《文選》與做了考官以詞取士有何分界，這其實是明明有著分界的。前者是以一己的意見供獻給青年，接受不接受原在青年的自由；後者卻是代表了整個階級（注：做官的階級也），幾乎是強迫青年全體去填詞了。（除非這青年不想做官。）

（三）說魯迅先生的文章是從《莊子》與《文選》中來的，這確然是滑稽的，我記得我沒有說過那樣的話。我的文章裡舉出魯迅先生來作例，其意只想請不反對青年從古書求得一點文學修養的魯迅先生來幫幫忙。魯迅先生雖然一向是勸青年多讀外國書的，但這是他以為從外國書中可以訓練出思想新銳的青年來；至於像我那樣給青年從做文章（或說文學修養）上著想，則魯迅先生就沒有反對青年讀古書過。舉兩個證據來罷：

一，「少看中國書，其結果不過不能作文而已。」（見北新版《華蓋集》第四頁。）這可見魯迅先生也承認要能作文，該多看中國書了。而這所謂中國書，從上文看來，似乎並不是指的白話文書。

二，「我常被詢問，要弄文學，應該看什麼書？……我以為倘要弄舊的呢，倒不如姑且靠著張之洞的《書目答問》去摸門徑去。」（見北新版《而已集》第四十五頁。）

現在，我想我應該在這裡「帶住」了，我曾有一封信給《大晚報》副刊的編者，為了尊重豐之餘先生的好意，我曾請求允許我換兩部書介紹給青年。除了我還寫一封信給曹聚仁先生之外，對於這「《莊子》與《文選》」的問題我沒有要說的話了。我曾經在《自由談》的壁上，看過幾次的文字爭，覺得每次總是愈爭愈鬧意氣，而離本題愈遠，甚至到後來有些參加者的動機都是可以懷疑的，我不想使自己不由自主地被捲入漩渦，所以我不再說什麼話了。昨晚套了一個現成偈語：

此亦一是非　彼亦一是非

唯無是非觀　庶幾免是非

倘有人能寫篆字者乎？頗想一求法揮，張之素壁。

施蟄存上（十九日）

十月二十日，《申報》《自由談》

【注釋】

1 本篇最初發表於一九三三年十月二十六日《申報・自由談》。

2 黎烈文（一九〇四—一九七二）湖南湘潭人，翻譯家。一九三二年至一九三四年曾主編《申報・自由談》。

3 見《華蓋集・青年必讀書》。

4 又名《周易》，儒家經典，古代記載占卜的書。其中卦辭、爻辭部分，可能萌芽於殷周之際。《書經》，又名《尚書》，儒家經典，我國上古歷史文件的彙編。

中國文與中國人[1]

余銘

最近出版了一本很好的翻譯：高本漢著的《中國語和中國文》。高本漢[2]先生是個瑞典人，他的真姓是珂羅倔倫（Karlgren）。他為什麼「貴姓」高呢？那無疑的是因為中國化了。他的確對於中國語文學有很大的貢獻。

但是，他對於中國人似乎更有研究，因此，他很崇拜文言，崇拜中國字，以為對中國人是不可少的。

他說：「近來——按高氏這書是一九二三年在倫敦出版的——某幾種報紙，曾經試用白話，可是並沒有多大的成功；因此也許還要觸怒多數訂報人，以為這樣，就是諷示著他們不能看懂文言報呢！」

「西洋各國裡有許多伶人，在他們表演中，他們幾乎隨時可以插入許多『打諢』，也有許多作者，濫引文書；但是大家都認這種是劣等的風味。這在中國恰好相反，正認為高妙的文雅而表示絕藝的地方。」

中國文的「含混的地方，中國人不但不因之感受了困難，反而願意養成它。」

但高先生自己卻因此受夠了侮辱：「本書的著者和親愛的中國人談話，所說給他的，很能完全瞭解；但是，他們彼此談話的時候，他幾乎一句也不懂。」這自然是那些「親愛的中國人」在「諷示」他不懂上流社會的話，因為「外國人到了中國來，只要注意一點，他就可以覺得：他自己雖然熟悉了普通人的語言，而對於上流社會的談話，還是莫名其妙的。」於是他就說：「中國文字好像一個美麗可愛的貴婦，西洋文字好像一個有用而不美的賤婢。」

美麗可愛而無用的貴婦的「絕藝」，就在於「插諢」的含混。這使得西洋第一等的學者，至多也不過抵得上中國的普通人，休想爬進上流社會裡來。這樣，我們「精神上勝利了」。為要保持這種勝利，必須有高妙文雅的字彙，而且要豐富！五四白話運動的「沒有多大成功」，原因大抵就在上流社會怕人諷示他們不懂文言。

雖然，「此亦一是非，彼亦一是非」[3]——我們還是含混些好了。否則，反而要感受困難的。

十月二十五日

【注釋】

1 本篇最初發表於一九三三年十月二十八日《申報·自由談》。

按本篇和《南腔北調集》中的《關於女人》、《真假唐吉訶德》，《偽自由書》中的《王道詩話》、《伸冤》、《曲的解放》、《迎頭經》、《出賣靈魂的秘訣》、《最藝術的國家》、《內外》、《透底》、《大觀園的人才》等十二篇文章，都是一九三三年瞿秋白在上海時所作，其中有的是根據魯迅的意見或與魯迅交換意見後寫成的。魯迅對這些文章曾做過字句上的改動（個別篇章改換了題目），並請人謄抄後，以自己使用的筆名寄給《申報·自由談》等報刊發表，後來又分別將它們收入自己的雜文集。

2 高本漢（Bernhard Karlgren，一八八九－一九七八），瑞典漢語學家。一九〇九年至一九一二年間旅居中國，研究漢語音韻學。他的《中國語和中國文》一書，一九二三年在英國出版；後經張士祿譯出，一九三一年由商務印書館出版。

3 原語見《莊子·齊物論》。施蟄存在致黎烈文信中曾引用此語。這裏含有諷刺施的意味。參看上篇《答「兼示」》的「備考」。

野獸訓練法[1]

余銘

最近還有極有益的講演，是海京伯馬戲團的經理施威德在中華學藝社的三樓上給我們講「如何訓練動物？」[2]可惜我沒福參加旁聽，只在報上看見一點筆記。但在那裡面，就已經夠多著警闢的話了——

「有人以為野獸可以用武力拳頭去對付牠，壓迫牠，那便錯了，因為這是從前野蠻人對付野獸的辦法，現在訓練的方法，便不是這樣。」

「現在我們所用的方法，是用愛的力量，獲取牠們對於人的信任，用愛的力量，溫和的心情去感動牠們。……」

這一些話，雖然出自日耳曼人之口，但和我們聖賢的古訓，也是十分相合的。用武力拳頭去對付，就是所謂「霸道」。然而「以力服人者，非心服也」[3]，所以文明人就得用「王道」，以取得「信任」：「民無信不立」[4]。

但是，有了「信任」以後，野獸可要變把戲了——

「教練者在取得牠們的信任以後，然後可以從事教練牠們了：第一步，可以使牠們認清坐的，站的位置；再可以使牠們跳躍，站起來……」

馴獸之法，通於牧民，所以我們的古之人，也稱治民的大人物曰「牧」[5]。然而所「牧」者，牛羊也，比野獸怯弱，因此也就無須乎專靠「信任」，不妨兼用著拳頭，這就是冠冕堂皇的「威信」。

由「威信」治成的動物，「跳躍，站起來」是不夠的，結果非貢獻毛角血肉不可，至少是天天擠出奶汁來，——如牛奶，羊奶之流。

然而這是古法，我不覺得也可以包括現代。

施威德講演之後，聽說還有餘興，如「東方大樂」及「踢毽子」[6]等，報上語焉不詳，無從知道底細了，否則，我想，恐怕也很有意義。

十月二十七日

【注釋】

1 本篇最初發表於一九三三年十月三十日《申報·自由談》。

2 施威德（R.Sawade，一八六九—一九四七），德國馴獸家。據一九三三年十月二十七日《申報》報導：十月二十六日下午在中華學藝社講演者為海京伯馬戲團中的惠格納，施因年老未講。中華學藝社，一些中國留日學生組織的學術團體。一九一六年成立於日本東京，原名丙辰學社，後遷上海，改名「中華學藝社」。曾發行《學藝》雜誌。

3 孟軻的話，見《孟子．公孫丑》。

4 孔丘的話，見《論語．顏淵》。

5《禮記．曲禮》：「九州之長，入天子之國曰牧。」古代稱「九州」的各州之長為牧。漢代起，有些朝代曾設置牧的官職。

6 據一九三三年十月二十七日《申報》報導：在惠格納講演後，放映電影助興，其中有《東方大樂》及《褚民誼踢毽子》等短片。

反芻[1]

元良

關於「《莊子》與《文選》」的議論，有些刊物上早不直接提起應否大家研究這問題，卻拉到別的事情上去了。他們是在嘲笑那些反對《文選》的人們自己卻曾做古文，看古書。

這真厲害。大約就是所謂「以子之矛，攻子之盾」[2]罷——對不起，「古書」又來了！

不進過牢獄的那裡知道牢獄的真相。跟著闊人，或者自己原是闊人，先打電話，然後再去參觀的，他只看見獄卒非常和氣，犯人還可以用英語自由的談話[3]。倘要知道得詳細，那他一定是先前的獄卒，或者是釋放的犯人。自然，他還有惡習，但他教人不要鑽進牢獄去的忠告，卻比什麼名人說模範監獄的教育衛生，如何完備，比窮人的家裡好得多等類的話，更其可信的。

然而自己沾了牢獄氣，據說就不能說牢獄壞，獄卒或囚犯，都是壞人，壞人就不能有好話。只有好人說牢獄好，這才是好話。讀過《文選》而說它無用，不如不讀《文選》而說它有用的可聽。反「反《文選》」的諸君子，自然多是讀過的了，但未讀的也有，舉一個例在這裡罷——「《莊子》我四年前雖曾讀過，但那時還不能完全讀懂……《文選》則我完全沒有見過。」然而他結末說，「為了浴盆的水糟了，就連小寶寶也要倒掉，這意思是我們不敢贊同的。」[4]見《火炬》他要保護水中的「小寶寶」，可是沒有見過「浴盆的水」。

五四運動的時候，保護文言者是說凡做白話文的都會做文言文，所以古文也得讀。現在保護古書者是說反對古書的也在看古書，做文言，——可見主張的可笑。永遠反芻，自己卻不會嘔吐，大約真是讀透了《莊子》了。

十一月四日

【注釋】

1 本篇最初發表於一九三三年十一月七日《申報·自由談》。

2 語出《韓非子·難勢》：「人有鬻矛與盾者，譽其盾之堅，物莫能陷也；俄而又譽其矛，曰：『吾矛之利，物無不陷之。』人應之曰：『以子之矛，陷子之盾，何如？』其人弗能應也。」

3 這是胡適說的話，一九三三年二月十五日上海《字林西報》刊載的《北京通信》說：胡適曾經親自看過幾個監獄，事後見記者時，說他「很容易和犯人談話」，「還能夠用英國話和他們會談」。

4 見一九三三年十月二十四日《大晚報·火炬》載何人《我的意見》一文。

歸厚[1]

羅憮

在洋場上，用一瓶強水去灑他所恨的女人，這事早經絕跡了。用些穢物去灑他所恨的律師，這風氣只繼續了兩個月。最長久的是造了謠言去中傷他們所恨的文人，說這事已有了好幾年，我想，是只會少不會多的。

洋場上原不少閒人，「吃白相飯」尚且可以過活，更何況有時打幾圈麻將。小婦人的嘁嘁喳喳，又何嘗不可以消閒。我就是常看造謠專門雜誌之一人，但看的並不是謠言，而是謠言作家的手段，看他有怎樣出奇的幻想，怎樣別致的描寫，怎樣險惡的構陷，怎樣躲閃的原形。造謠，也要才能的，如果他造得妙，即使造的是我自己的謠言，恐怕我也會愛他的本領。

但可惜大抵沒有這樣的才能，作者在謠言文學上，也還是「濫竽充數」[2]。這並非我個人的私見。講什麼文壇故事的小說不流行，什麼外史也不再做下去[3]，可見是人們多已搖頭了。講來講去總是這幾套，縱使記性壞，多聽了也會煩厭的。想繼續，這時就得要才能；否則，台下走散，應該換一齣戲來叫座。

譬如罷，先前演的是《殺子報》[4]罷，這回就須是《三娘教子》[5]，「老東人呀，唉，唉，唉！」

而文場實在也如戲場，果然已經漸漸的「民德歸厚」[6]了，有的還至於自行聲明，更換辦事人，說是先前「揭載作家秘史，雖為文壇佳話，然亦有傷忠厚。以後本刊停登此項稿件。……以前言責，……概不負責。」（見《微言》[7]）為了「忠厚」而犧牲「佳話」，雖可惜，卻也可敬的。

尤其可敬的是更換辦事人。這並非敬他的「概不負責」，而是敬他的徹底。古時候雖有「放下屠刀，立地成佛」的人，但因為也有「放下官印，立地念佛」而終於又「放下念珠，立地做官」的人，這一種玩意兒，實在已不足以昭大信於天下：令人辨事有點為難了。不過，尤其為難的是忠厚文學遠不如謠言文學之易於號召讀者，所以須有才能更大的作家，如果一時不易搜求，那刊物就要減色。我想，還不如就用先前打諢的二丑掛了長鬚來唱老生戲，那麼，暫時之間倒也特別而有趣的。

十一月四日

【附記】

這一篇沒有能夠發表。

次年六月十九日記

【注釋】

1 本篇當時未能在報刊發表。

2 出自《韓非子·內儲說》所載的一個故事：「齊宣王使人吹竽，必三百人，南郭處士請為王吹竽，宣王說（悅）之，廩食以數百人。宣王死，湣王立，好一一聽之，處士逃。」

3 這裡說的「文壇故事的小說」、「外史」，指當時一些反動、無聊的文人惡意編造的影射文化界人士的作品，如張若谷的《婆漢迷》、楊邨人的《新儒林外史》（只寫了第一回）等。

4 一齣表現淫惡、凶殺和迷信思想的舊戲。

5 一齣宣傳節義思想的舊戲。「老東人」是戲中老僕人薛保對主人薛廣的稱呼。

6 語見《論語·學而》：「曾子曰：『慎終追遠，民德歸厚矣。』」

7 一九三三年五月在上海創刊的一種反動週刊。該刊第一卷第二十期（一九三三年十月十五日）登載「改組啟事」，聲明原創辦人何大義等八人已與該刊脫離關係，自第二十期起，改由錢唯學等四人接辦，同時又登有錢等四人的「啟事」；這裡所引的幾句，即出於後一「啟事」中。

難得糊塗[1]

子明

因為有人談起寫篆字，我倒記起鄭板橋[2]有一塊圖章，刻著「難得糊塗」。那四個篆字刻得叉手叉腳的，頗能表現一點名士的牢騷氣。足見刻圖章寫篆字也還反映著一定的風格，正像「玩」木刻之類，未必「只是個人的事情」：「謬種」和「妖孽」就是寫起篆字來，也帶著些「妖謬」的。

然而風格和情緒，傾向之類，不但因人而異，而且因事而異，因時而異。鄭板橋說「難得糊塗」，其實他還能夠糊塗的。現在，到了「求仕不獲無足悲，求隱而不得其地以竄者，毋亦天下之至哀歟」[3]的時代，卻實在求糊塗而不可得了。

糊塗主義，唯無是非觀等等——本來是中國的高尚道德。你說他是解脫，達觀罷，也未必。他其實在固執著，堅持著什麼，例如道德上的正統，文學上的正宗之類。這終於說出來了：——道德要孔孟加上「佛家報應之說」（老莊另帳登記），而說別人「鄙薄」佛教影響就是「想為儒家爭正統」，原來同善社的三教同源論早已是正統了。文學呢？要用生澀字，用詞藻，穠纖的作品，而且是新文學的作品，雖則他「否認新文學和舊文學的分界」；而大眾文學「固然贊成」，「但那是文學中的一個旁支」[4]。正統和正宗，是明顯的。

對於人生的倦怠並不糊塗！活的生活已經那麼「窮乏」，要請青年在「佛家報應之說」，在「《文選》，《莊子》，《論語》，《孟子》」裡去求得修養。後來，修養又不見了，只剩得字彙。「自然景物，個人情感，宮室建築，……之類，還不妨從《文選》之類的書中去找來用。」[5]從前嚴幾道從甚麼古書裡——大概也是《莊子》罷——找著了「么匿」[6]兩個字來譯 Unit，又古雅，又音義雙關的。但是後來通行的卻是「單位」。

嚴老先生的這類「字彙」很多，大抵無法復活轉來。現在卻有人以為「漢以後的詞，秦以前的字，西方文化所帶來的字和詞，可以拼成功我們的光芒的新文學」[7]。這光芒要是只在字和詞，那大概像古墓裡的貴婦人似的，滿身都是珠光寶氣了。

人生卻不在拼湊，而在創造，幾千百萬的活人在創造。可恨的是人生那麼騷擾忙亂，使一些人「不得其地以竄」，想要逃進字和詞裡去，以求「庶免是非」，然而又不可得。真要寫篆字刻圖章了！

十一月六日

【注釋】

1 本篇最初發表於一九三三年十一月二十四日《申報・自由談》。

2 鄭燮（一六九三－一七六五）字克柔，號板橋，江蘇興化人，清代文學家、書畫家。

3 「求仕不獲無足悲」等句，見章太炎為吳宗慈纂輯的《廬山志》所作《題辭》。這篇《題辭》作於一九三三年九月，曾發表於同年十月十二日《申報・自由談》。

4 這是施蟄存《突圍》之四（答曹聚仁）中的話，見一九三三年十月三十日《申報・自由談》，原文為：「我贊成大眾文學，盡可能地以淺顯的文字供給大衆閱讀，但那是文學中的一個旁支。」

5 「自然景物」等語，是施蟄存《突圍》之五（答致立）中的話，見一九三三年十月三十日《申報・自由談》，原文為：「我想至少還有許多自然景物，個人感情，宮室建築，以及在某種情形之下專用的名詞或形容詞之類，還不妨從《文選》之類的書中去找來用。」

6 英語Unit的音譯。嚴復譯英國斯賓塞《群學肄言》第三章《喻術》中說：「群者，謂之拓都（原注：譯言總會）；一者，謂之么匿（原注：譯言單個）。」嚴復自己在《譯餘贅語》裡舉例解釋說：「大抵萬物莫不有總有分：總曰拓都，譯言全體；分曰么匿，譯言單位。箄，拓都也；毫，么匿也。飯，拓都也；粒，么匿也。國，拓都也；民，么匿也。」按「拓都」，英語total的音譯，意為全體、總計。

7 「漢以後的詞」等句，也見施蟄存《突圍》之四（答曹聚仁）。

古書中尋活字彙[1]

羅憮

古書中尋活字彙，是說得出，做不到的，他在那古書中，尋不出一個活字彙。

假如有「可看《文選》的青年」在這裡，就是高中學生中的幾個罷，他翻開《文選》來，一心要尋活字彙，當然明知道那裡面有些字是已經死了的。然而他怎樣分別那些字的死活呢？大概只能以自己的懂不懂為標準。但是，看了六臣注[2]之後才懂的字不能算，因為這原是死屍，由六臣背進他腦裡，這才算是活人的，在他腦裡即使復活了，在未「可看《文選》的青年」的眼前卻還是死傢伙。所以他必須看白文。

誠然，不看注，也有懂得的，這就是活字彙。然而他怎會先就懂得的呢？這一定是曾經在別的書上看見過，或是到現在還在應用的字彙，所以他懂得。那麼，從一部《文選》裡，又尋到了什麼？

然而施先生說，要描寫宮殿之類的時候有用處。這很不錯，《文選》裡有許多賦是講到宮殿的，並且有什麼殿的專賦。倘有青年要做漢晉的歷史小說，描寫那時的宮殿，找《文選》是極應該的，還非看「四史」《晉書》[3]之類不可。然而所取的僻字也不過將死屍抬出來，說得神秘點便名之曰「復活」。如果要描寫的是清故宮，那可和《文選》的瓜葛就極少了。

倘使連清故宮也不想描寫，而預備工夫卻用得這麼廣泛，那實在是徒勞而仍不足。因為還有《易經》和《儀禮》[4]，裡面的字彙，在描寫周朝的卜課和婚喪大事時候是有用處的，也得作為「文學修養之根基」，這才更像「文學青年」的樣子。

十一月六日

【注釋】

1 本篇最初發表於一九三三年十一月九日《申報·自由談》。

2 《文選》在唐代先有李善注，後有「呂延濟、劉良、張銑、呂向、李周翰五人注，合稱六臣注。

3 《史記》、《漢書》、《後漢書》、《三國志》的合稱。《晉書》，唐代房玄齡等撰，記述晉代歷史的紀傳體史書。

4 又稱《禮經》，儒家經典，春秋戰國時代一部分禮制資料的彙編。

「商定」文豪[1]

白在宣

筆頭也是尖的，也要鑽。言路的窄，現在也正如活路一樣，所以（以上十五字，刊出時作「別的地方鑽不進」）只好對於文藝雜誌廣告的誇大，前去刺一下。

一看雜誌的廣告，作者就個個是文豪，中國文壇也真好像光焰萬丈，但一面也招來了鼻孔裡的哼哼聲。然而，著作一世，藏之名山，以待考古團的掘出的作家，此刻早已沒有了，連自作自刻，訂成薄薄的一本，分送朋友的詩人，也已經不大遇得到。現在是前周作稿，次周登報，上月剪貼，下月出書，大抵僅僅為稿費。倘說，作者是餓著肚子，專心在為社會服務，恐怕說出來有點要臉紅罷。就是笑人需要稿費的高士，他那一篇嘲笑的文章也還是不免要稿費。但自然，另有薪水，或者能靠女人奩資養活的文豪，都不屬於這一類。

就大體而言，根子是在賣錢，所以上海的各式各樣的文豪，由於「商定」，是

「久已夫，已非一日矣」[2]的了。

商家印好一種稿子後，倘那時封建得勢，廣告上就說作者是封建文豪，革命行時，便是革命文豪，於是封定了一批文豪們。別家的書也印出來了，另一種廣告說那些作者並非真封建或真革命文豪，這邊的才是真貨色，於是又封定了一批文豪們。別一家又集印了各種廣告的論戰，一位作者加上些批評，另出了一位新文豪。

還有一法是結合一套腳色，要幾個詩人，幾個小說家，一個批評家，商量一下，立一個什麼社，登起廣告來，打倒彼文豪，抬出此文豪，結果也總可以封定一批文豪們，也是一種的「商定」。

就大體而言，根子是在賣錢，所以後來的書價，就不免指出文豪們的真價值，照價二折，五角一堆，也說不定的。不過有一種例外：雖然鋪子出盤，作品賤賣，卻並不是文豪們走了末路，那是他們已經「爬了上去」，進大學，進衙門，不要這踏腳凳了。

十一月七日

【注釋】

1 本篇最初發表於一九三三年十一月十一日《申報·自由談》。

2 這是對疊床架屋的八股文濫調的模仿，清代梁章鉅《制義叢話》卷二十四曾引有這樣的句子：「久已夫，千百年來已非一日矣」。

青年與老子[1]

敬一尊

聽說，「慨自歐風東漸以來」[2]，中國的道德就變壞了，尤其是近時的青年，往往看不起老子。這恐怕真是一個大錯誤，因為我看了幾個例子，覺得老子的對於青年，有時確也很有用處，很有益處，不僅足為「文學修養」之助的。

有一篇舊文章──我忘記了出於什麼書裡的了──告訴我們，曾有一個道士，有長生不老之術，自說已經百餘歲了，看去卻「美如冠玉」，像二十左右一樣。有一天，這位活神仙正在大宴闊客，突然來了一個鬚髮都白的老頭子，向他要錢用，他把他罵出去了。大家正驚疑間，那活神仙慨然的說道，「那是我的小兒，他不聽我的話，不肯修道，現在你們看，不到六十，就老得那麼不成樣子了。」大家自然是很感動的，但到後來，終於知道了那人其實倒是道士的老子。[3]

還有一篇新文章──楊某的自白[4]──卻告訴我們，他是一個有志之士，學說是很正確的，不但講空話，而且去實行，但待到看見有些地方的老頭兒苦得不像樣，就想起自己的老子來，即使他的理想實現了，也不能使他的父親做老太爺，仍舊要吃苦。於是得到了更正確的學說，拋去原有的理想，改做孝子了。假使父母早死，學說那有這麼圓滿而堂皇呢？這不也就是老子對於青年的益處麼？

那麼，早已死了老子的青年不是就沒有法子麼？我以為不然，也有法子想。這還是要查舊書。另有一篇文章——我也忘了出在什麼書裡的了——告訴我們，一個老女人在討飯，忽然來了一位大闊人，說她是自己的久經失散了的母親，她也將錯就錯，做了老太太。後來她的兒子要嫁女兒，和老太太同到首飾店去買金器，將老太太已經看中意的東西自己帶去給太太看一看，一面請老太太還在揀，——可是，他從此就不見了。[5]

不過，這還是學那道士似的，必須實物時候的辦法，如果單是做做自白之類，那是實在有無老子，倒並沒有什麼大關係的。先前有人提倡過「虛君共和」[6]，現在又何妨有「沒親孝子」？張宗昌[7]很尊孔，恐怕他府上也未必有「四書」「五經」罷。

十一月七日

【注釋】

1 本篇最初發表於一九三三年十一月十七日《申報·自由談》。

2 這是清末許多人筆下常常出現的濫調；「歐風東漸」指西方文化傳入中國。

3 關於道士長生不老的故事，見《太平廣記》卷二八九引五代漢王仁裕《玉堂閒話》：「長安完盛之時，有一道術人，稱得丹砂之妙，顏如弱冠，自言三百餘歲，京都人甚慕之，至於輸貨求丹，橫經請益者，門如市肆。時有朝上數人造其第，飲啜方酣，有閽者報曰：『郎君從莊上來，欲參覲。』道士作色叱之。坐客聞之，或曰：『賢郎遠來，何妨一見。』道士顰蹙移時，乃曰：『但令入來。』俄見一老叟，鬢髮如銀，昏耄傴僂，趨前而拜，拜訖，叱入中門，徐謂坐客曰：『小兒愚馬矣，不肯服食丹砂，以至於是，都未及百歲，枯槁如斯，常已斥於村野間耳。』坐客愈更神之。後有人私詰道者親知，乃云傴僂者即其父也。好道術者，受其誑惑，如欺嬰孩矣。」

4 指楊邨人在《讀書雜誌》第三卷第一期（一九三三年二月）發表的《離開政黨生活的戰壕》一文。楊邨人（一九〇一—一九五五）廣東潮安人，一九二五年加入中國共產黨，一九三二年叛變革命。

5 宋代陳世崇《隨隱漫錄》卷五「錢塘遊手」條有與這裡所述大致相同的故事。《魯迅日記》一九二七年《西牖書鈔》引錄過該書。

6 辛亥革命後，康有為曾在上海《不忍》雜誌第九、十兩期合刊（一九一八年一月）發表《共和平議》、《與徐太傅（徐世昌）書》，說中國不宜實行「民主共和」，而應實行「虛君共和」（即君主立憲）。

7 張宗昌（一八八一—一九三二），山東掖縣人，北洋奉系軍閥。一九二五年他任山東督軍時，曾提倡尊孔讀經。

後記

這六十多篇雜文，是受了壓迫之後，從去年六月起，另用各種的筆名，障住了編輯先生和檢查老爺的眼睛，陸續在《自由談》上發表的。不久就又蒙一些很有「靈感」的「文學家」吹噓，有無法隱瞞之勢，雖然他們的根據嗅覺的判斷，有時也並不和事實相符。但不善於改悔的人，究竟也躲閃不到那裡去，於是不及半年，就得著更厲害的壓迫了，敷衍到十一月初，只好停筆，證明了我的筆墨，實在敵不過那些帶著假面，從指揮刀下挺身而出的英雄。

不做文章，就整理舊稿，在年底裡，黏成了一本書，將那時被人刪削或不能發表的，也都添進去了，看起分量來，倒比這以前的《偽自由書》要多一點。今年三月間，才想付印，做了一篇序，慢慢的排，校，不覺又過了半年，回想離停筆的時候，已是一年有餘了，時光真是飛快，但我所怕的，倒是我的雜文還好像說著現在或甚而至於明年。

記得《偽自由書》出版的時候，《社會新聞》[1]曾經有過一篇批評，說我的所以印行那一本書的本意，完全是為了一條尾巴——《後記》。這其實是誤解的。我的雜文，所寫的常是一鼻，一嘴，一毛，但合起來，已幾乎是或一形象的全體，不加什麼原也過得去的了。但畫上一條尾巴，卻見得更加完全。所以我的要寫後記，除了我是弄筆的人，總要動筆之外，只在要這一本書裡所畫的形象，更成為完全的一個具象，卻不是「完全為了一條尾巴」。

內容也還和先前一樣，批評些社會的現象，尤其是文壇的情形。因為筆名改得勤，開初倒還平安無事。然而「江山好改，秉性難移」，我知道自己終於不能安分守己。《序的解放》碰著了曾今可，《豪語的折扣》又觸犯了張資平[2]，此外在不知不覺之中得罪了一些別的什麼偉人，我還自己不知道。但是，待到做了《各種捐班》和《登龍術拾遺》以後，這案件可就鬧大了。

去年八月間，詩人邵洵美先生所經營的書店裡，出了一種《十日談》[3]，這位詩人在第二期（二十日出）上，飄飄然的論起「文人無行」來了，先分文人為五類，然後作結道——

所以為文人之故，總是因為沒有飯吃，或是有了飯吃不飽。因為做文人不比做官或是做生意，究竟用不到多少本錢。一枝筆，一些墨，幾張稿紙，便是你所要預備的一切。嘸本錢生意，人人想做，所以文人便多了。此乃是沒有職業才做文人的事實。

我們的文壇便是由這種文人組織成的。

因為他們是沒有職業才做文人，因此他們的目的仍在職業而不在文人。他們借著文藝宴會的名義極力地拉攏大人物；借文藝雜誌或是副刊的地盤，極力地為自己做廣告：但求聞達，不顧羞恥。

誰知既為文人矣，便將被目為文人；既被目為文人矣，便再沒有職業可得，這般東西便永遠在文壇裡胡鬧。

文人的確窮的多，自從迫壓言論和創作以來，有些作者也的確更沒有飯吃了。而邵洵美先生是所謂「詩人」，又是有名的巨富「盛宮保」[4]的孫婿，將污穢潑在「這般東西」的頭上，原也十分平常的。

但我以為作文人究竟和「大出喪」有些不同，即使雇得一大群幫閒，開鑼喝道，過後仍是一條空街，還不及「大出喪」的雖在數十年後，有時還有幾個市儈傳頌。窮極，文是不能工的，可是金銀又並非文章的根苗，它最好還是買長江沿岸的田地。然而富家兒總不免常常誤解，以為錢可使鬼，就也可以通文。使鬼，大概是確的，也許還可以通神，但通文卻不成，詩人邵洵美先生本身的詩便是證據。我那兩篇中的有一段，便是說明官可捐，文人不可捐，有裙帶官兒，卻沒有裙帶文人的。

然而，幫手立刻出現了，還出在堂堂的《中央日報》[5]（九月四日及六日）上——

女婿問題　　如是

最近的《自由談》上，有兩篇文章都是談到女婿的，一篇是孫用的《滿意和寫不出》，一篇是葦索的《登龍術拾遺》。後一篇九月一日刊出，前一篇則不在手頭，刊出日期大約在八月下旬。

葦索先生說：「文壇雖然不致於要招女婿，但女婿卻是會要上文壇的。」後一句「女婿卻是會要上文壇的」，立論十分牢靠，無瑕可擊。我們的祖父是人家的女婿，我們的父親也是人家的女婿，我們自己，也仍然不免是人家的女婿。比如今日在文壇上「北面」而坐的魯迅茅盾之流，都是人家的女婿，所以「女婿會要上文壇的」是不成問題的，至於前一句「文壇雖然不致於要招女婿」，這句話就簡直站不住了。我覺得文壇無時無刻不在招女婿，許多中國作家現在都變成了俄國的女婿了。

又說：「有富岳家，有闊太太，用陪嫁錢，作文學資本，……」能用妻子的賠嫁錢來作文學資本，我覺得這種人應該佩服，因為用妻子的錢來作文學資本，總比用妻子的錢來作其他一切不正當的事情好一些。況且凡事必須有資本，文學也不能例外，如沒有錢，便無從付印刷費，則雜誌及集子都出不成，所以要辦書店，出雜誌，都得是大家拿一些私蓄出來，妻子的錢自然也是私蓄之一。

況且做一個富家的女婿並非罪惡，正如做一個報館老闆的親戚之並非罪惡為一樣，如其一個報館老闆的親戚，回國後遊蕩無事，可以依靠親戚的牌頭，奪一個副刊來編編，則一個富家的女婿，因為興趣所近，用些妻子的賠嫁錢來作文學資本，當然也無不可。

「女婿」的蔓延　聖閒

狐狸吃不到葡萄，說葡萄是酸的，自己娶不到富妻子，於是對於一切有富岳家的人發生了妒忌，妒忌的結果是攻擊。

假如做了人家的女婿，是不是還可以做文人的呢？答案自然是屬於正面的，正如前天如是先生在本園上他的一篇《女婿問題》裡說過，今日在文壇上最有聲色的魯迅茅盾之流，一方面身為文人，一方面仍然不免是人家的女婿，不過既然做文人同時也可以做人家的女婿，則此女婿是應該屬於窮岳家的呢，還是屬於富岳家的呢？

關於此層，似乎那些老牌作家，尚未出而主張，不知究竟應該「富傾」還是「窮傾」才對，可是《自由談》之流的撰稿人，既經對於富岳家的女婿取攻擊態度，則我們感到，好像至少做富岳家的女婿的似乎不該再跨上這個文壇了，「富岳家的女婿」和「文人」彷彿是衝突的，二者只可任擇其一。

目下中國文壇似乎有這樣一個現象，不必檢查一個文人他本身在文壇上的努力的成績，而唯斤斤於追究那個文人的家庭瑣事，如是否有富妻子或窮妻子之類。要是你今天開了一家書店，則這家書店的本錢，是否出乎你妻子的賠嫁錢，也頗勞一些尖眼文人，來調查打聽，以此或作攻擊譏諷。

我想將來中國的文壇，一定還會進步到有下種情形：穿陳嘉庚橡皮鞋者，方得上文壇，如穿皮鞋，便屬貴族階級，而入於被攻擊之列了。

現在外國回來的留學生失業的多得很。回國以後編一個副刊也並非一件羞恥事情，編那個副刊，是否因親戚關係，更不成問題，親戚的作用，本來就在這種地方。

自命以掃除文壇為己任的人，如其人家偶而提到一兩句自己的不願意聽的話，便要成群結隊的來反攻，大可不必。如其常常罵人家為狂吠的，則自己切不可也落入於狂吠之列。

這兩位作者都是富家女婿崇拜家，但如是先生是凡庸的，背出了他的祖父，父親，魯迅，茅盾之後，結果不過說著「魯迅拿盧布」那樣的濫調；打諢的高手要推聖閑先生，他竟拉到我萬想不到的詩人太太的味道上去了。戲劇上的二醜幫忙，倒使花花公子格外出醜，用的便是這樣的說法，我後來也引在《「滑稽」例解》中。

但郡府上也有惡辣的謀士的。今年二月，我給日本的《改造》[6]雜誌做了三篇短論，是譏評中國，日本，滿洲的。邵家將卻以為「這回是得之矣」了。就在也是這甜葡萄棚裡產生出來的《人言》[7]（三月三日出）上，扮出一個譯者和編者來，譯者算是只譯了其中的一篇《談監獄》，投給了《人言》，並且前有「附白」，後有「識」——

談監獄　魯迅

（頃閱日文雜誌《改造》三月號，見載有我們文壇老將魯迅翁之雜文三篇，比較翁以中國文發表之短文，更見精彩，因移譯之，以寄《人言》。惜譯者未知迅翁寓所，問內山書店主人丸造氏，亦言未詳，不能先將譯稿就正於氏為憾。但請仍用翁的署名發表，以示尊重原作之意。——譯者井上附白。）

人的確是由事實的啟發而獲得新的覺醒，並且事情也是因此而變革的。從宋代到清朝末年，很久長的時間中，專以代聖賢立言的「制藝」文章，選拔及登用人才。到同法國打了敗仗，才知這方法的錯誤，於是派遣留學生到西洋，設立武器製造局，作為改正的手段。同日本又打了敗仗之後，知道這還不夠，這一回是大大地設立新式的學校。於是學生們每年大鬧風潮。清朝覆亡，國民黨把握了政權之後，又明白了錯誤，而作為改正手段，是大造監獄。

國粹式的監獄，我們從古以來，各處早就有的，清朝末年也稍造了些西洋式的，就是所謂文明監獄。那是特地造來給旅行到中國來的外人看的，該與為同外人講交際而派出去學習文明人的禮節的留學生屬於同一種類。囚人卻托庇了得著較好的待遇，也得洗澡，有得一定分量的食品吃，所以是很幸福的地方。而且在二三星期之前，政府因為要行仁政，便發佈了囚人口糧不得刻扣的命令。此後當是益加幸福了。

至於舊式的監獄，像是取法於佛教的地獄，所以不但禁錮人犯，而且有要給他吃苦的責任。有時還有榨取人犯親屬的金錢使他們成為赤貧的職責。而且誰都以為這是當然的。倘使有不以為然的人，那即是幫助人犯，非受犯罪的嫌疑不可。但是文明程度很進步了，去年有官吏提倡，說人犯每年放歸家中一次，給予解決性欲的機會，是很人道主義的說法。

老實說：他不是他對於人犯的性欲特別同情，因為絕不會實行的望頭，所以特別高聲說話，以見自己的是官吏。但輿論甚為沸騰起來。某批評家說，這樣之後，大家見監獄將無畏懼，樂而赴之，大為為世道人心憤慨。受了聖賢之教，如此悠久，尚不像那個官吏那麼狡猾，是很使人心安，但對於人犯不可不虐待的信念，卻由此可見。

從另一方面想來，監獄也確有些像以安全第一為標語的人的理想鄉。火災少，盜賊不進來，土匪也絕不來掠奪。即使有了戰事，也沒有以監獄為目標而來爆擊的傻瓜，起了革命，只有釋放人犯的例，沒有屠殺的事。這回福建獨立的時候，說釋人犯出外之後，那些意見不同的卻有了行蹤不明的謠傳，但這種例子是前所未見的。總之，不像是很壞的地方。只要能容許帶家眷，那麼即使現在不是水災，饑荒，戰爭，恐怖的時代，請求去轉居的人，也絕不會沒有。所以虐待是必要了吧。

牛蘭夫妻以宣傳赤化之故，收容於南京的監獄，行了三四次的絕食，什麼效力也沒有。這是因為他不瞭解中國的監獄精神之故。某官吏說他自己不要吃，同別人有什麼關係，很訝奇這事。不但不關係於仁政，且節省伙食，反是監獄方面有利。

甘地的把戲，倘使不選擇地方，就歸於失敗。

但是，這樣近於完美的監獄，還留著一個缺點，以前對於思想上的事情，太不留意了。為補這個缺點，近來新發明有一種「反省院」的特種監獄，而施行教育。我不曾到其中去反省過，所以不詳細其中的事情，總之對於人犯時時講授三民主義，使反省他們自己的錯誤。而且還要做出排擊共產主義的論文。倘使不願寫或寫不出則當然非終生反省下去不行，但做得不好，也得反省到死。

在目下，進去的有，出來的也有，反省院還有新造的，總是進去的人多些。試驗完畢而出來的良民也偶有會到的，可是大抵總是萎縮枯槁的樣子，恐怕是在反省和畢業論文上面把心力用盡了。那是屬於前途無望的。

（此外尚有《王道》及《火》二篇，如編者先生認為可用，當再譯寄。——譯者識。）

姓雖然冒充了日本人，譯文卻實在不高明，學力不過如邵家幫閒專家章克標先生的程度，但文字也原是無須譯得認真的，因為要緊的是後面的算是編者的回答——

編者注：魯迅先生的文章，最近是在查禁之列。此文譯自日文，當可逃避軍事裁判。但我們刊登此稿目的，與其說為了文章本身精美或其議論透澈；不如說舉一個被本國迫逐而托庇於外人威權之下的論調的例子。魯迅先生本來文章極好，強辭奪理亦能說得頭頭是道，但統觀此文，則意氣多於議論，捏造多於實證，若非譯筆錯誤，則此種態度實為我所不取也。登此一篇，以見文化統制治下之呼聲一般。《王道》與《火》兩篇，不擬再登，轉言譯者，可勿寄來。

這編者的「托庇於外人威權之下」的話，是和譯者的「問內山書店主人丸造氏[8]」相應的；而且提出「軍事裁判」來，也是作者極高的手筆，其中含著甚深的殺機。我見這富家兒的鷹犬，更深知明季的向權門賣身投靠之輩是怎樣的陰險了。他們的主公邵詩人，在讚揚美國白詩人的文章中，貶落了黑詩人[9]，「相信這種詩是走不出美國的，至少走不出英國語的圈子。」（《現代》五卷六期）我在中國的富貴人及其鷹犬的眼中，雖然也不下於黑奴，但我的聲音卻走出去了。這是最可痛恨的。但其實，黑人的詩也走出「英國語的圈子」去了。美國富翁和他的女婿及其鷹犬也是奈何它不得的。

但這種鷹犬的這面目，也不過以向「魯迅先生的文章，最近是在查禁之列」的我而已，只要立刻能給一個嘴巴，他們就比吧兒狗還馴服。現在就引一個也曾在《「滑稽」例解》中提過，登在去年九月二十一日《申報》上的廣告在這裡罷——

十日談向晶報聲明誤會表示歉意

啟者十日談第二期短評有朱霽青亦將公布捐款一會本刊措詞不善致使晶報對郡洵美君提起刑事自訴按雙方均為社會有聲譽之刊物自無互相攻訐之理茲經章士釗江容平衡諸君詮釋已得晶報完全諒解，除由晶報自行撤回訴訟外特此登報聲明表示歉意。

「雙方均為社會有聲譽之刊物，自無互相攻訐之埋」，此「理」極奇，大約是應該攻訐「最近是在查禁之列」的刊物的罷。金子做了骨髓，也還是站不直，在這裡看見鐵證了。

給「女婿問題」紙張費得太多了，跳到別一件，這就是「《莊子》和《文選》」。這案件的往覆的文字，已經收在本文裡，不再多談；別人的議論，也為了節省紙張，都不剪帖了。其時《十日談》也大顯手段，連漫畫家都出了馬，為了一幅陳靜生先生的《魯迅翁之笛》[10]，還在《濤聲》上和曹聚仁先生惹起過一點辯論的小風波。但是辯論還沒有完，《濤聲》已被禁止了，福人總永遠有福星照命……

然而時光是不留情面的，所謂「第三種人」，尤其是施蟄存和杜衡[11]即蘇汶，到今年就各自露出他本來的嘴臉來了。

這回要提到末一篇，流弊是出在用新典。

聽說，現在是連用古典有時也要被檢查官禁止了，例如提起秦始皇，但去年還不妨，不過用新典總要鬧些小亂子。我那最末的《青年與老子》，就因為碰著了楊邨人先生（雖然刊出的時候，那名字已給編輯先生刪掉了），後來在《申報》本埠增刊的《談言》（十一月二十四日）上引得一篇妙文的。不過頗難解，好像是在說我以孝子自居，卻攻擊他做孝子，既「投井」，又「下石」了。因為這是一篇我們的「改悔的革命家」的標本作品，棄之可惜，謹錄全文，一面以見楊先生倒是現代「語錄體」[12]作家的先驅，也算是我的《後記》裡的一點餘興罷——

聰明之道

邨人

疇昔之夜，拜訪世故老人於其廬：廬為三層之樓，面街而立，雖電車玲玲軋軋，汽車嗚嗚啞啞，市囂擾人而不覺，儼然有如隱士，居處晏如，悟道深也。老人曰，「汝來何事？」對曰，「敢問聰明之道。」談話有主題，遂成問答。

「難矣哉，聰明之道也！孔門賢人如顏回，舉一隅以三隅反，孔子稱其聰明過人，於今之世能舉一隅以三隅反者尚非聰明之人，汝問聰明之道，其有意難餘老糙者耶？」

「不是不是，你老人家誤會了我的問意了！我並非要請教關於思辨之術。我是生性拙直愚笨，處世無方，常常碰壁，敢問關於處世的聰明之道。」

「噫嘻，汝誠拙直愚笨也，又問處世之道！夫今之世，智者見智，仁者見仁，階級不同，思想各異，父子兄弟夫婦姊妹因思想之各異，一家之內各有主張各有成見，雖屬骨肉至親，乖離衝突，背道而馳；古之所謂英雄豪傑，各事其君而為仇敵，今之所謂志士革命家，各為階級反目無情，甚至只因立場之不同，骨肉至親格殺無赦，投機取巧或能勝利於一時，終難立足于世界，聰明之道實則已窮，且唯既愚且魯之徒方能享福無邊也矣。……」

「老先生雖然說的頭頭是道，理由充足，可是，真的聰明之道就沒有了嗎？」

「然則僅有投機取巧之道也矣。試為汝言之：夫投機取巧之道要在乎滑頭，而滑頭已成為專門之學問，西歐學理分門別類有所謂科學哲學者，滑頭之學問實可稱為滑頭學。滑頭學如依大學教授之編講義，大可分成若干章，每章分成若干節，每節分成若干項，引古據今，中西合璧，其理論之深奧有甚於哲學，其引證之廣大舉凡中外歷史，物理化學，藝術文學，經商貿易之直，誘惑欺騙之術，概屬必列，包羅萬象，自大學預科以至大學四年級此一講義僅能講其千分之一，大學畢業各科及格，此滑頭學則無論何種聰明絕頂之學生皆不能及格，且大學教授本人恐亦知其然不知其所以然，其難學也可想而知之矣。

「余處世數十年，頭頂已禿，鬚髮已白，閱歷不為不廣，教訓不為不多，然而余著手編輯滑頭學講義，僅能編其第一章之第一節，第一節之第一項也。此第一章之第一節，第一節之第一項其綱目為『順水行舟』，即人云亦云，亦即人之喜者喜之，人之惡者惡之是也，舉一例言之，如人之惡者為孝子，所謂封建宗法社會之禮教遺孽之一，則汝雖曾經為父侍湯服藥問醫求卜出諸天性以事親人，然論世之出諸天性以事親人者則引『孝子』之名以責難之，惟求青年之鼓掌稱快，勿管本心見解及自己行動之如何也。

「被責難者處於時勢潮流之下，百辭莫辯，辯則反動更為證實，從此青年鳴鼓而攻，體無完膚，汝之勝利不但已操左券，且為青年奉為至聖大賢，小品之集有此一篇，風行海內洛陽紙貴，於是名利雙收，富貴無邊矣。其第一章之第一節，第一節之第二項為『投井下石』，餘本亦知一二，然偶一憶及投井下石之人，殊覺頭痛，實無心編之也。然而滑頭學雖屬聰明之道，實乃左道旁門，汝實不足學也。」

「老先生所言想亦很有道理，現在社會上將這種學問作敲門磚混飯吃的人實在不少，他們也實在到處逢源，名利雙收，可是我是一個拙直愚笨的人，恐怕就要學也學不了吧？」

「嗚呼汝求聰明之道，而不學之，雖屬可取，然碰壁也宜矣！」

是夕問道於世故老人，歸來依然故我，嗚呼噫嘻！

但我們也不要一味賞鑒「嗚呼噫嘻」，因為這之前，有些地方演了「全武行」。也還是剪報好，我在這裡剪一點記得最為簡單的——

藝華影片公司被「影界鏟共同志會」搗毀近新建之攝影場內，忽來行動突兀之青年三人，向該公司門房偽稱訪客，一人正在持筆簽名之際，另一人遂大呼一聲，則預伏於外之暴徒七八人，一律身穿藍布短衫褲，蜂擁奪門衝入，分投各辦事室，肆行搗毀寫字臺玻璃窗以及椅凳各器具，然後又至室外，打毀自備汽車兩輛，曬片機一具，攝影機一具，並散發白紙印刷之小傳單，上書「民眾起來一致剿滅共產黨」，「打倒出賣民眾的共產黨」，「撲滅殺人放火的共產黨」等等字樣，同時又散發一種油印宣言，最後署名為「中國電影界鏟共同志會」。

約逾七分鐘時，由一人狂吹警笛一聲，眾暴徒即集合列隊而去，迨該管六區聞警派警士偵緝員等趕至，均已遠揚無蹤。該會且宣稱昨晨之行動，目的僅在予該公司一警告，如該公司及其他公司不改變方針，今後當準備更激烈手段應付，聯華，明星，天一等公司，本會亦已有嚴密之調查矣云云。

據各報所載該宣言之內容稱，藝華公司係共黨宣傳機關，普羅文化同盟為造成電影界之赤化，以該公司為大本營，如出品《民族生存》等片，其內容為描寫階級鬥爭者，但以向南京檢委會行賄，故得通過發行。又稱該會現向教育部，內政部，中央黨部及本市政府發出呈文，要求當局命令該公司，立即銷毀業已攝成各片，自行改組公司，清除所有赤色分子，並對受賄之電影檢委會之責任人員，予以懲處等語。

事後，公司堅稱，實係被劫，並稱已向曹家渡六區公安局報告。記者得訊，前往調查時，亦僅見該公司內部佈置被毀無餘，桌椅東倒西歪，零亂不堪，內幕究竟如何，想不日定能水落石出也。

十一月十三日，《大美晚報》

影界鏟共會
警戒電影院
拒演田漢等之影片

自從藝華公司被擊以後，上海電影界突然有了一番新的波動，從製片商已經牽涉到電影院，昨日本埠大小電影院同時接到署名上海影界鏟共同志會之警告函件，請各院拒映田漢等編制導演主演之劇本，其原文云：

敝會激於愛護民族國家心切，並不忍電影界為共產黨所利用，因有警告赤色電影大本營——藝華影片公司之行動，查貴院平日對於電影業，素所熱心，為特嚴重警告，祈對於田漢（陳瑜），沈端先（即蔡叔聲，丁謙之），卜萬蒼，胡萍，金焰等所導演，所編製，所主演之各項鼓吹階級鬥爭貧富對立的反動電影，一律不予放映，否則必以暴力手段對付，如藝華公司一樣，決不寬假，此告。上海影界鏟共同志會。十一，十三。

十一月十六日，《大美晚報》

但「鏟共」又並不限於「影界」，出版界也同時遭到覆面英雄們的襲擊了。又剪報——

今晨良友圖書公司

突來一怪客

手持鐵錘擊碎玻璃窗

揚長而去捕房偵查中

……光華書局請求保護

滬西康腦脱路藝華影片公司，昨晨九時許，忽被狀似工人等數十名，闖入攝影場中，並大發各種傳單，署名「中國電影界鏟共同志會」等字樣，事後揚長而去。不料一波未平，一波又起，今日上午十一時許，北四川路八百五十一號良友圖書印刷公司，忽有一男子手持鐵錘，至該公司門口，將鐵錘擊入該店門市大玻璃窗內，擊成一洞。

該男子見目的已達，立即逃避。該管虹口捕房據報後，立即派員前往調查一過，查得良友公司經售各種思想左傾之書籍，與搗毀藝華公司一案，不無關聯。今日上午四馬路光華書局據報後，驚駭異常，即自投該管中央捕房，請求設法保護，而免意外，惟至記者截稿時尚未聞發生意外之事云。

十一月十三日，《大晚報》

搗毀中國論壇
印刷所已被搗毀
編輯間未受損失

承印美人伊羅生編輯之《中國論壇報》勒佛爾印刷所，在虹口天潼路，昨晚有暴徒潛入，將印刷間搗毀，其編輯間則未受損失。

十一月十五日，《大美晚報》

襲擊神州國光社
昨夕七時四人衝入總發行所
鐵錘揮擊打碎櫥窗損失不大

河南路五馬路口神州國光社總發行所，於昨晚七時，正欲打烊時，突有一身衣長袍之顧客入內，狀欲購買書籍。不料在該客甫入門後，背後即有三人尾隨而進。該長袍客回頭見三人進來，遂即上前將該書局之左面走廊旁牆壁上所掛之電話機摘斷。而同時三短衣者即實行搗毀，用鐵錘亂揮，而長衣者亦加入動手，致將該店之左櫥窗打碎，四人即揚長而逸。而該店時有三四夥友及學徒，亦驚不能作聲。然長衣者方出門至相距不數十步之泗涇路口，為站崗巡捕所拘，蓋此長衣客因打櫥窗時玻璃倒下，傷及自己面部，流血不止，渠因痛而不能快行也。

該長衣者當即被拘入四馬路中央巡捕房後，竭力否認參加搗毀，故巡捕已將此人釋放矣。

十二月一日，《大美晚報》

美國人辦的報館搗毀得最客氣，武官們開的書店[13]搗毀得最遲。「揚長而逸」，寫得最有趣。

搗毀電影公司，是一面撒些宣言的，有幾種報上登過全文；對於書店和報館卻好像並無議論，因為不見有什麼記載。

然而也有，是一種鋼筆版藍色印的警告，店名或館名空著，各各填以墨筆，筆跡並不像讀書人，下面是一長條紫色的木印。我幸而藏著原本，現在訂定標點，照樣的抄錄在這裡——

敝會激於愛護民族國家心切，並不忍文化界與思想界為共党所利用，因有警告赤色電影大本營——藝華公司之行動。現為貫徹此項任務計，擬對於文化界來一清算，除對於良友圖書公司給予一初步的警告外，於所有各書局各刊物均已有精密之調查。素知貴……對於文化事業，熱心異人，為特嚴重警告，對於赤色作家所作文字，如魯迅，茅盾，蓬子，沈端先，錢杏邨及其他赤色作家之作品，反動文字，以及反動劇評，蘇聯情況之介紹等，一律不得刊行，登載，發行。如有不遵，我們必以較對付藝華及良友公司更激烈更徹底的手段對付你們，絕不寬假！

此告……

上海影界鏟共同志會　十一，十三

一個「志士」，縱使「對於文化事業，熱心異人」，但若會在不知何時，飛來一個錘子，打破值銀數百兩的大玻璃；「如有不遵」，更會在不知何時，飛來一頂紅帽子，送掉他比大玻璃更值錢的腦袋，那他當然是也許要灰心的。然則書店和報館之有些為難，也就可想而知了。

我既是被「揚長而去」的英雄們指定為「赤色作家」，還是莫害他人，放下筆，靜靜的看一會把戲罷，所以這一本裡面的雜文，以十一月七日止，因為從七日到恭逢警告的那時候——十一月十三日，我也並沒有寫些什麼的。

但是，經驗使我知道，我在受著武力征伐的時候，是同時一定要得到文力征伐的。文人原多「煙士披離純」，何況現在嗅覺又特別發達了，他們深知道要怎樣「創作」才合式。這就到了我不批評社會，也不論人，而人論我的時期了，而我的工作是收材料。材料盡有，妙的卻不多。紙墨更該愛惜，這裡僅選了六篇。

官辦的《中央日報》討伐得最早，真是得風氣之先，不愧為「中央」；《時事新報》[14]正當「全武行」全盛之際，最合時宜，卻不免非常昏憒；《大晚報》和《大美晚報》[15]起來得最晚，這是因為「商辦」的緣故，聰明，所以小心，小心就不免遲鈍，他剛才決計合夥來討伐，卻不料幾天之後就要過年，明年是先行檢查書報，以惠商民，另結新樣的網，又是一個局面了。

現在算是還沒有過年，先來《中央日報》的兩篇罷——

雜感　　洲

近來有許多雜誌上都在提倡小文章。《申報月刊》《東方雜誌》以及《現代》上，都有雜感隨筆這一欄。好像一九三三真要變成一個小文章年頭了。目下中國雜感家之多，遠勝於昔，大概此亦魯迅先生一人之功也。

中國雜感家老牌，自然要推魯迅。他的師爺筆法，冷辣辣的，有他人所不及的地方。《熱風》、《華蓋集》、《華蓋續集》，去年則還出了什麼三心《二心》之類。照他最近一年來「幹」的成績而言大概五心六心也是不免的。

魯迅先生久無創作出版了，除了譯一些俄國黑麵包之外，其餘便是寫雜感文章了。雜感文章，短短千言，自然可以一揮而就。則於抽捲煙之際，略轉腦子，結果就是十元千字。大概寫雜感文章，有一個不二法門。不是熱罵，便是冷嘲。如能熱罵後再帶一句冷嘲或冷嘲裡夾兩句熱罵，則更佳矣。

不過普通一些雜感，自然是冷嘲的多。如對於某事物有所不滿，自然就不滿（迅案：此字似有誤）有冷嘲的文章出來。魯迅先生對於這樣也看不上眼，對於那樣也看不上眼，所以對於這樣又有感想，對於那樣又有感想了。

我們村上有個老女人，醜而多怪。一天到晚專門愛說人家的短處，到了東村頭搖了一下頭，跑到了西村頭嘆了一口氣。好像一切總不合她的胃。但是，你真的問她倒底要怎樣呢，她又說不出。我覺得她倒有些像魯迅先生，一天到晚只是諷刺，只是冷嘲，只是不負責任的發一點雜感。當真你要問他究竟的主張，他又從來不給我們一個鮮明的回答。

十月三十一日，《中央日報》的《中央公園》

文壇與擂臺

鳴春

上海的文壇變成了擂臺。魯迅先生是這擂臺上的霸王。魯迅先生好像在自己的房間裡帶了一副透視一切的望遠鏡，如果發現文壇上那一個的言論與行為有些瑕疵，他馬上橫槍躍馬，打得人家落花流水。因此，魯迅先生就不得不花去可貴的時間，而去想如何鋒利他的筆端，如何達到挖苦人的頂點，如何要打得人家永不得翻身。

關於這，我替魯迅先生想想有些不大合算。魯迅先生你先要認清了自己的地位，就是反對你的人，暗裡總不敢否認你是中國頂出色的作家；既然你的言論，可以影響青年，那麼你的言論就應該慎重。請你自己想想，在寫《阿Q傳》之後，有多少時間浪費在筆戰上？而這種筆戰，對一般青年發生了何種影響？

第一流的作家們既然常時混戰，則一般文藝青年少不得在這戰術上學許多乖，流弊所及，往往越淮北而變枳，批評人的人常離開被批評者的言論與思想，筆頭一轉而去罵人家的私事，說人家眼鏡帶得很難看，甚至說人家皮鞋前面破了個小洞；甚至血賁脈張要辱及人家的父母，甚至要丟下筆桿動拳頭。我說，養成現在文壇上這種浮囂，下流，粗暴等等的壞習氣，像魯迅先生這一般人多少總要負一點兒責任的。

其實，有許多筆戰，是不需要的，譬如有人提倡詞的解放，你就是不罵，不見得有人去跟他也填一首「管他娘」的詞；有人提倡讀《莊子》與《文選》，也不見得就是教青年去吃鴉片煙，你又何必咬緊牙根，橫睜兩眼，給人以難堪呢？

我記得一個精通中文的俄國文人B.A.Vassiliev對魯迅先生的《阿Q傳》曾經下過這樣的批評：「魯迅是反映中國大眾的靈魂的作家，其幽默的風格，是使人流淚，故魯迅不獨為中國的作家，同時亦為世界的一員。」

魯迅先生，你現在亦垂垂老矣，你念起往日的光榮，當你現在閱歷最多，觀察最深，生活經驗最豐富的時候，更應當如何去發奮多寫幾部比《阿Q傳》更偉大的著作？偉大的著作，雖不能傳之千年不朽，但是筆戰的文章，一星期後也許人就要遺忘。青年人佩服一個偉大的文學家，實在更勝於佩服一個擂臺上的霸主。我們讀的是莎士比亞，托爾斯泰，哥德，這般人的文章，而並沒有看到他們的「罵人文選」。

十一月十六日，《中央日報》的《中央公園》

這兩位，一位比我為老醜的女人，一位願我有「偉大的著作」，說法不同，目的卻一致的，就是討厭我「對於這樣又有感想，對於那樣又有感想」，於是而時時有「雜文」。這的確令人討厭的，但因此也更見其要緊，因為「中國的大眾的靈魂」，現在是反映在我的雜文裡了。

洲先生刺我不給他們一個鮮明的主張，這用意，我是懂得的；但頗詫異鳴春先生的引了莎士比亞之流一大串。不知道為什麼，近一年來，竟常常有人誘我去學托爾斯泰了，也許就因為「並沒有看到他們的『罵人文選』」，給我一個好榜樣。可是我看見過歐戰時候他罵皇帝的信[16]，在中國，也要得到「養成現在文壇上這種浮囂，下流，粗暴等等的壞習氣」的罪名的。托爾斯泰學不到，學到了也難做人，他生存時，希臘教徒就年年詛咒他落地獄。

中間就夾兩篇《時事新報》上的文章——

略論告密　陳代

最怕而且最恨被告密的可說是魯迅先生，就在《偽自由書》，「一名：《不三不四集》」的《前記》與《後記》裡也常可看到他在注意到這一點。可是魯迅先生所說的告密，並不是有人把他的住處，或者什麼時候，他在什麼地方，去密告巡捕房（或者什麼要他的「密」的別的機關？）以致使他被捕的意思。他的意思，是有人把「因為」他「舊日的筆名有時不能通用，便改題了」的什麼宣說出來，而使人知道「什麼就是魯迅」。

「這回，」魯迅先生說，「是王平陵[17]先生告發於前，周木齋先生揭露於後」；他卻忘了說編者暗示於魯迅先生尚未上場之先。因為在何家幹先生和其他一位先生將上臺的時候，編者先介紹說，這將上場的兩位是文壇老將。於是人家便提起精神來等那兩位文壇老將的上場。要是在異地，或者說換過一個局面，魯迅先生是也許會說編者是在放冷箭的。

看到一個生疏的名字在什麼副刊上出現，就想知道那個名字是真名呢，還是別的熟名字的又一筆名，想也是人情之常。即就魯迅先生說，他看完了王平陵先生的《「最通的」文藝》，便禁不住問：「這位王平陵先生我不知道是真名還是筆名？」要是他知道了那是誰的筆名的話，他也許會說出那就是誰來的。這不會是怎樣的誣衊，我相信，因為於他所知道的他不是在實說「柳絲是楊邨人先生……的筆名」，而表示著欺不了他？

還有，要是要告密，為什麼一定要出之「公開的」形式？秘密的不是於告密者更為安全？我有些懷疑告密者的聰敏，要是真有這樣的告密者的話。

而在那些用這個那個筆名零星發表的文章，剪貼成集子的時候，作者便把這許多名字緊縮成一個，看來好像作者自己是他的最後的告密者。

十一月二十一日，《時事新報》的《青光》

略論放暗箭

陳代

前日讀了魯迅先生的《偽自由書》的《前記》與《後記》，略論了告密的，現在讀了唐包先生的《新臉譜》，止不住又要來略論放暗箭。

在《新臉譜》中，唐先生攻擊的方面是很廣的，而其一方是「放暗箭」。可是唐先生的文章又幾乎全為「暗箭」所織成，雖然有許多箭標是看不大清楚的。

「說是受著潮流的影響，文舞臺的戲兒一齣齣換了。角色雖然依舊，而臉譜卻是簇新的。」——是暗箭的第一條。雖說是暗箭，射倒射中了的。因為現在的確有許多文角色，為要博看客的喝采起見，放著演慣的舊戲不演演新戲，嘴上還「說是受著潮流的影響」，以表示他的不落後。還有些甚至不要說角色依舊，就是臉譜也並不簇新，只是換了一個新的題目，演的還是那舊的一套：如把《薛平貴西涼招親》改題著《穆薛姻緣》之類，內容都一切依舊。

第二箭是──不，不能這樣寫下去，要這樣寫下去，是要有很廣博的識見的，因為那文章一句一箭，或者甚至一句數箭，看得人眼花頭眩，竟無從把它把捉住，比讀硬性的翻譯還難懂得多。

可是唐先生自己似乎又並不滿意這樣的態度，不然為什麼要罵人家「怪聲怪氣地吆喝，妞妞妮妮的挑戰」？然而，在事實上，他是在「怪聲怪氣地吆喝，妞妞妮妮的挑戰」。

或者說，他並不是在挑戰，只是放放暗箭，因為「鑒戰」，即使是「拉拉扯扯的」，究竟吃力，而且「敗了」「再來」的時候還得去「重畫」臉譜。放暗箭多省事，躲在隱暗處，看到了什麼可射的，便輕展弓弦，而箭就向前舒散地直飛。可是他又在罵放暗箭。

要自己先能放暗箭，然後才能罵人放。

十一月二十二日，《時事新報》的《青光》

這位陳先生是討伐軍中的最低能的一位，他連自己後來的說明和別人預先的揭發的區別都不知道。倘使我被謀害而終於不死，後來竟得「壽終╳寢」，他是會說我自己乃是「最後的凶手」的。

他還問：要是要告密，為什麼一定要出之「公開的」形式？答曰：這確是比較的難懂一點，但也就是因為要告得像個「文學家」的緣故呀，要不然，他就得下野，分明的排進探壇裡去了。有意的和無意的的區別，我是知道的。我所謂告密，是指著叭兒們，我看這「陳代」先生就正是其中的一匹。你想，消息不靈，不是反而不便當麼？

第二篇恐怕只有他自己懂。我只懂得一點：他這回嗅得不對，誤以唐包先生為就是我了。采在這裡，只不過充充自以為我的論敵的標本的一種而已。

其次是要剪一篇《大晚報》上的東西——

錢基博之魯迅論　戚施

近人有裒集關於批評魯迅之文字而為《魯迅論》一書者，其中所收，類皆稱頌魯迅之辭，其實論魯迅之文者，有毀有譽，毀譽互見，乃得其真。頃見錢基博氏所著《現代中國文學史》，長至三十萬言，其論白話文學，不過一萬餘字，僅以胡適入選，而以魯迅徐志摩附焉。於此諸人，大肆訾支。邇來舊作文家，品藻文字，裁量人物，未有若錢氏之大膽者，而新人未嘗注意及之。茲特介紹其「魯迅論」於此，是亦文壇上之趣聞也。

錢氏之言曰，有摹仿歐文而謚之曰歐化的國語文學者，始倡於浙江周樹人之譯西洋小說，以順文直譯之為尚，斥意譯之不忠實，而摹歐文以國語，比鸚鵡之學舌，托於象胥，斯為作俑。效顰者乃至造述抒志，亦竟歐化，《小說月報》，盛揚其焰。然而詰屈聱牙，過於周誥，學士費解，何論民眾？上海曹慕管笑之曰，吾儕生願讀歐文，不願見此妙文也！比於時裝婦人著高底西女式鞋，而跬步傾跌，益增醜態矣！

崇效古人，斥曰奴性，摹仿外國，獨非奴性耶。反唇之譏，或謔近虐！然始之創白話文以期言文一致，家喻戶曉者，不以歐化的國語文學之興而荒其志耶？斯則矛盾之說，無以自圓者矣，此於魯迅之直譯外國文學，及其文壇之影響，而加以訾攴者也。平心論之，魯迅之譯品，誠有難讀之處，直譯當否是一問題，歐化的國語文學又是一問題，借曰二者胥有未當，誰尸其咎，亦難言之也。錢先生而謂，鄙言為不然耶？

錢先生又曰，自胡適之創白話文學也，所持以號於天下者，曰平民文學也！非貴族文學也。一時景附以有大名者，周樹人以小說著。樹人頹廢，不適於奮鬥。樹人所著，只有過去回憶，而不知建設將來，只見小己憤慨，而不圖福利民眾，若而人者，彼其心目，何嘗有民眾耶！錢先生因此而斷之曰，周樹人徐志摩為新文藝之右傾者。是則於魯迅之創作亦加以訾攴，兼及其思想矣。至目魯迅為右傾，亦可謂獨具隻眼，別有鑒裁者也！既不滿意於郭沫若蔣光赤之左傾，又不滿意於魯迅徐志摩之右傾，而惟傾慕於所謂「讓清」遺老之流風餘韻，低徊感喟而不能自已，錢先生之志，皎然可睹矣。當今之世，左右做人難，是非無定質，亦於錢先生之論魯迅見之也！

錢氏此書出版於本年九月，尚有上年十二月之跋記云。

十二月二十九日，《大晚報》的《火炬》

這篇大文，除用戚施先生的話，讚為「獨具隻眼」之外，是不能有第二句的。真「評」得連我自己也不想再說什麼話，「頹廢」了。然而我覺得它很有趣，所以特別的保存起來，也是以備「魯迅論」之一格。

最後是《大美晚報》，出臺的又是曾經有過文字上的交涉的王平陵先生——

罵人與自供　王平陵

學問之事，很不容易說，一般通材碩儒每不屑與後生小子道長論短，有所述作，無不譏為「淺薄無聊」；同樣，較有修養的年輕人，看著那般通材碩儒們言必稱蘇俄，文必宗普魯，亦頗覺得如嚼青梅，齒頰間酸不可耐。

世界上無論什麼紛爭，都有停止的可能，惟有人類思想的衝突，因為多半是近於意氣，斷沒有終止的時候的。有些人好像把譭謗人家故意找尋人家的錯誤當作是一種職業；而以直接否認一切就算是間接抬高自己的妙策了。至於自己究竟是什麼東西，那只許他們自己知道，別人是不准過問的。其實，有時候這些人意在對人而發的陰險的暗示，倒並不適切；而正是他們自己的一篇不自覺的供狀。

聖經裡好像有這樣一段傳說：一群街頭人捉著一個偷漢的淫婦，大家要把石塊打死她。耶穌說：「你們反省著！只有沒有犯過罪的人，才配打死這個淫婦。」群眾都羞愧地走開了。今之文壇，可不是這樣？自己偷了漢，偏要指說人家是淫婦。如同魯迅先生慣用的一句刻毒的評語，就罵人是代表官方說話；我不知道他老先生是代表什麼「方」說話！

本來，不想說話的人，是無話可說；有話要說；有話要說的人誰也不會想到是代表那一方。魯迅先生常常「以己之心，度人之心」，未免「躬自薄而厚責於人」了。

像這樣的情形，文壇有的是，何止是魯迅先生。

十二月三十日，《大美晚報》的《火樹》

記得在《偽自由書》裡，我曾指王先生的高論為屬於「官方」[18]，這回就是對此而發的，但意義卻不大明白。由「自己偷了漢，偏要指說人家是淫婦」的話看起來；好像是說我倒是「官方」，而不知「有話要說的人誰也不會想到是代表那一方」的。所以如果想到了，那麼，說人反動的，他自己正是反動，說人匪徒的，他自己正是匪徒……且住，又是「刻毒的評語」了，耶穌不說過「你們反省著」[19]嗎？——為消災計，再添一條小尾：這壞習氣只以文壇為限，與官方無干。

王平陵先生是電影檢查會[20]的委員，我應該謹守小民的規矩。

真的且住。寫的和剪貼的，也就是自己的和別人的，花了大半夜工夫，恐怕又有八九千字了。這一條尾巴又並不小。

時光，是一天天的過去了，大大小小的事情，也跟著過去，不久就在我們的記憶上消亡；而且都是分散的，就我自己而論，沒有感到和沒有知道的事情真不知有多少。但即此寫了下來的幾十篇，加以排比，又用《後記》來補敘些因此而生的糾紛，同時也照見了時事，格局雖小，不也描出了或一形象了麼？——而現在又很少有肯低下他仰視莎士比亞，托爾斯泰的尊臉來，看看暗中，寫它幾句的作者。因此更使我要保存我的雜感，而且它也因此更能夠生存，雖然又因此更招人憎惡，但又在圍剿中更加生長起來了。

嗚呼，「世無英雄，遂使豎子成名」[21]這是為我自己和中國的文壇，都應該悲憤的。

文壇上的事件還多得很：獻檢查之秘計，施離析之奇策，起謠諑兮中權[22]，藏真實兮心曲，立降幡於往年，溫故交於今日……然而都不是做這《准風月談》時期以內的事，在這裡也且不提及，或永不提及了。還是真的帶住罷，寫到我的背脊已經覺得有些痛楚的時候了！

一九三四年十月十六夜，魯迅記於上海

【注釋】

1 一九三二年十月在上海創刊，曾先後出版三日刊、旬刊、半月刊等，新光書店經售。一九三五年十月起改名《中外問題》，一九三七年十月停刊。該刊第五卷第十三期（一九三三年十一月九日）發表署名「莘」的《讀〈偽自由書〉書後》一文，攻擊魯迅說：「《偽自由書》，魯迅著，北新出版，實價七角。書呢，不貴，魯迅的作品，雖則已給《申報．自由談》用過一道，但你要曉得，這裡還有八千字的後記呢，就算單買後記，也值。並且你得明瞭魯迅先生出此一書的本意，是為那些寫在《自由談》的雜感嗎？絕不是，他完全是為了這條尾巴，用來穩定他那文壇寶座的回馬槍。」

2 張資平（一八九三—一九五九）廣東梅縣人。曾是早期創造社成員，寫過大量三角戀愛小說。抗日戰爭時期墮落為漢奸。

3 邵洵美等辦的一種文藝旬刊，一九三三年八月十日創刊，一九三四年十二月停刊。上海第一出版社發行。

4 指盛宣懷（一八四四—一九一六），江蘇武進人，清末任郵傳部大臣，清廷曾授他「太子少保」官銜。他經辦輪船招商局、漢冶萍公司等，由於營私舞弊，成為當時中國有數的富豪。盛死後，他的家屬舉辦過轟動一時的「大出喪」。

5 國民黨中央的機關報。一九二八年二月創刊，當時在南京出版。

6 日本綜合性月刊，一九一九年四月創刊，改造社發行。一九五五年二月停刊。魯迅應改造社之約寫了《火》、《王道》、《監獄》三篇短論，發表於一九三四年三月出版的《改造》月刊。後收入《且介亭雜文》時，將三個短論組成一篇，題為《關於中國的兩三件事》。

7 週刊，郭明等編輯，一九三四年二月創刊，上海第一出版社發行。《談監獄》載該刊第一卷第三期（一九三四年三月三日）。按章克標、邵洵美都是《人言》的「編輯同人」，作者在一九三四年六月二日致鄭振鐸信中曾提到「章（克標）編《人言》」的事，說：「章頗惡劣，因我在外國發表文章，而以軍事裁判暗示當局者，亦此人也。」

8 內山完造（一八八五—一九五九），日本人，一九一三年來中國，後在上海開設內山書店。一九二七年十月與魯迅結識，以後常有交往，魯迅曾以他的書店為通訊處。

9 見邵洵美《現代美國詩壇概觀》一文，載《現代》第五卷第六期（一九三四年十月一日）「現代美國文學專號」。黑詩人，指美國黑人作家休士（L.Hughes，一九〇二—一九六七）。

10 刊於《十日談》第八期（一九三三年十月二十日），署名靜（陳靜生）。畫中為魯迅吹笛，群鼠隨行。曹聚仁曾在《濤聲》第二卷第四十三期（一九三三年十一月四日）發表《魯迅翁之笛》一文，批評了這幅漫畫；接著漫畫作者在《十日談》第十一期發表《以不打官話為原則而致覆濤聲》進行答辯。

曹聚仁（一九〇〇—一九七二）浙江浦江人，當時任暨南大學教授和《濤聲》週刊主編。《濤聲》於一九三三年十一月停刊。

11 杜衡（一九〇六—一九六四），原名戴克崇，筆名蘇汶、杜衡，浙江杭縣（今餘杭）人。三十年代以「第三種人」自居，攻擊左翼文藝運動，曾編輯《新文藝》、《現代》等刊物。

12 指當時林語堂等提倡的模仿宋人《語錄》的文白夾雜的文字。

13 指上海神州國光社。該社在一九三一年後曾接受陳銘樞等人的投資。

14 一九〇七年十二月在上海創刊的日報。初辦時為資產階級改良派報紙，辛亥革命後，成為擁護北洋軍閥段祺瑞的政客集團研究系的報紙。一九二七年由史量才等接辦，一九三五年為孔祥熙收買。一九四九年五月上海解放時停刊。

15 一九二九年四月美國人在上海創辦的英文報紙。一九三三年一月起曾另出漢文版。一九四九年五月上海解放後停刊。

16 托爾斯泰在一九〇四年日俄戰爭時，寫了一封給俄國皇帝和日本皇帝的信（載於一九〇四年六月二十七日英國《泰晤士報》，兩月後曾譯載於日本《平民新聞》），指斥他們發動戰爭的罪惡。又托爾斯泰很不滿意當時的教會（俄國人信奉的是希臘正教），在著作中常常猛烈地加以攻擊，他於一九〇一年二月被教會正式除名。

17 王平陵（一八九八—一九六四）江蘇溧陽人。國民黨御用文人。

18 見《偽自由書·不通兩種》附錄《官話而已》。

19 或譯「你悔改吧」，是基督教《新約全書》中的話。

20 一九三三年三月，國民黨政府成立由中央宣傳委員會領導的「中央電影檢查委員會」。

21 語出《晉書·阮籍傳》：「（阮籍）嘗登廣武，觀楚漢戰處，嘆曰：『時無英雄，使豎子成名！』」豎子，對人的蔑稱，與「小子」相近。

22 本指古代軍隊中主將所在的中軍。《左傳》宣公十二年有：「中權後勁。」晉代杜預注：「中軍制謀，後以精兵為殿。」這裡引申為政治中樞，是說當時一些文人在反動當局指使下進行造謠誣陷的陰謀活動。

魯迅年表

一八八一年

九月二十五日（農曆八月初三日）出生於浙江省紹興府會稽縣東昌坊口周家。取名樟壽，字豫山，後改名樹人，字豫才；一九一八年發表小說《狂人日記》時始用筆名「魯迅」。

一八八七年　六歲

入家塾，從叔祖玉田讀書。

一八九二年　十一歲

入三味書屋私塾，從壽鏡吾先生讀書。

一八九三年　十二歲

秋，祖父周介孚因科場案入獄。魯迅被送往外婆家暫住，接觸了一些農民生活，與農民的孩子建立了純真的感情。

一八九四年　十三歲

春，回家，仍就讀於三味書屋。

冬，父周伯宜病重。為求醫買藥，常出入於當鋪、藥店。

一八九六年　十五歲

十月，父周伯宜病故，終年三十七歲。

一八九八年　十七歲

五月，往南京考入江南水師學堂求學。

十月，因不滿水師學堂的腐敗、守舊，改考入江南礦路學堂（全稱為「江南陸師學堂附設礦務鐵路學堂」）。魯迅這時受了康梁維新的影響，又讀到了《天演論》等譯著，開始接受進化論與民主思想。

一九〇一年　二十歲

繼續在礦路學堂求學。十一月，到青龍山煤礦實習。

一九〇二年　二十一歲

一月，從礦路學堂畢業。

四月，由江南督練公所派往日本留學，入東京弘文書院學習日語。

十一月，與許壽裳、陶成章等百餘人在東京組成浙江同鄉會，決定出版《浙江潮》月刊。課餘積極參加當時愛國志士的反清革命活動。

一九〇三年　二十二歲

三月，剪去髮辮，攝「斷髮照」，並題七絕詩〈靈台無計逃神矢〉一首於照片背後贈許壽裳。

六月，在《浙江潮》第五期發表〈斯巴達之魂〉與譯文〈哀聖〉（法國雨果的隨筆）。

十月，在《浙江潮》第八期發表〈說鍚〉與〈中國地質論〉。所譯法國凡爾納的科學小說《月界旅行》由東京進化社出版。

十二月，所譯凡爾納科學小說《地底旅行》第一、二回在《浙江潮》第十期發表，該書的全譯本後於一九〇六年由南京城新書局出版。

一九〇四年　二十三歲

四月，在弘文書院結業。

九月，入仙台醫學專門學校求學。魯迅後來在講到自己學醫的動機時說：「我的夢很美滿，預備卒業回來，救治像我父親般被誤的病人的疾苦，戰爭時候便去當軍醫，一面又促進了國人對於維新的信仰。」（《吶喊·自序》）

一九〇六年　二十五歲

一月，在看一部反映日俄戰爭的幻燈片時深受刺激：一個體格健壯的中國人被日軍指為俄探，砍頭示眾，而被殺者與圍觀的中國人卻都神情麻木，魯迅由此而感到要拯救中國，「醫學並非一件緊要事」，更重要的是「改變他們的精神」，於是決定棄醫從文，用文藝來改變國民精神。

三月，從仙台醫學專門學校退學，到東京開始從事文藝活動。

夏秋間，奉母命回紹興與山陰縣朱安女士完婚。婚後即返東京。

一九〇七年　二十六歲

夏，與許壽裳等籌辦文藝雜誌《新生》，未實現。

冬，作〈人之歷史〉、〈科學史教篇〉、〈文化偏至論〉、〈摩羅詩力說〉，都發表在河南留學生主辦的《河南》月刊上。

一九〇八年　二十七歲

加入反清秘密革命團體光復會（一說一九〇四年）。

繼續為《河南》月刊撰稿，著《破惡聲論》（未完），翻譯匈牙利籁息的《裴象飛詩論》。

夏，與許壽裳、錢玄同、周作人等請章太炎在民報社講解《說文解字》。

一九〇九年　二十八歲

三月，與周作人合譯《域外小說集》第一冊出版；七月，出版第二冊。

八月，結束日本留學生活，回國，任杭州浙江兩級師範學堂生理學、化學教員。

一九一〇年　二十九歲

九月，改任紹興府中學堂生物學教員及監學。授課之餘，開始輯錄唐以前的小說佚文（後彙成《古小説鉤沉》）及有關會稽的史地佚文（後彙成《會稽郡故書雜集》）。

一九一一年　三十歲

十月，辛亥革命爆發；十一月，杭州光復。為迎接紹興光復，魯迅曾率領學生武裝演説隊上街宣傳革命，散發傳單。紹興光復後，以王金發為首的紹興軍公政府委任魯迅為浙江山會初級師範學堂監督。

文言短篇小説《懷舊》作於本年。

一九一二年　三十一歲

一月三日，在《越鐸日報》創刊號上發表〈《越鐸》出世辭〉。

二月，辭去山會初級師範學堂監督職，應教育總長蔡元培邀請，到南京任教育部部員。

五月，隨臨時政府遷往北京，任教育部僉事與社會教育司第一科科長。

一九一三年　三十二歲

二月，發表《儗播布美術意見書》。

六月下旬，回紹興省母，八月上旬返京。
十月，校錄《嵇康集》，並作〈嵇康集·跋〉。

一九一四年　三十三歲

四月起，開始研究佛學。
十一月，輯《會稽故書雜集》成，並作序文。

一九一五年　三十四歲

九月一日，被教育部任命為通俗教育研究會小說股主任。
本年開始在公餘搜集、研究金石拓本，尤側重漢代、六朝的繪畫藝術。

一九一六年　三十五歲

公餘繼續研究金石拓本。
十二月，母六十壽，回紹興。次年一月回北京。

一九一七年　三十六歲

七月三日，因張勳復辟，憤而離職；亂平後，十六日回教育部工作。

一九一八年　三十七歲

四月二日，〈狂人日記〉寫成，這是我國新文學中的第一篇白話小說，發表於五月號《新青年》，始用「魯迅」的筆名。

七月二十日，作論文〈我之節烈觀〉，抨擊封建禮教，發表於八月出版的《新青年》。

九月開始，在《新青年》「隨感錄」欄陸續發表雜感。

冬，作小說《孔乙己》。

一九一九年　三十八歲

四月二十五日，作小說《藥》。

六月末或七月初，作小說《明天》。

八月十二日，在北京《國民公報》「寸鐵」欄用筆名「黃棘」發表短評四則。

八月十九日至九月九日，在《國民公報》「新文藝」欄以「神飛」為筆名，陸續發表總題為〈自言自語〉的散文詩七篇。

十月，作論文〈我們現在怎樣做父親〉。

十二月一日至二十九日，返紹興遷家，接母親、朱安和三弟建人至北京。

十二月一日，發表小說《一件小事》。

一九二〇年　三十九歲

八月五日，作小說《風波》。

八月十日，譯尼采《查拉圖斯特拉的序言》畢，發表於九月出版的《新潮》第二卷第五期。

本年秋開始兼任北京大學、北京高等師範學校講師。

一九二一年　四十歲

一月，作小說《故鄉》。

二、三月，重校《嵇康集》。

十二月四日，所作小說《阿Q正傳》在北京《晨報副刊》開始連載，至次年二月二日載畢。

一九二二年　四十一歲

二月，發表雜文〈估《學衡》〉，再校《嵇康集》。

五月，譯成愛羅先珂的童話劇《桃色的雲》，次年由上海商務印書館出版；與周建人、周作人合譯的《現代小說譯叢》，由上海商務印書館出版。

六月，作小說《白光》、《端午節》。

十一月，作歷史小說《不周山》（後改名《補天》）。

十二月，編成小說集《吶喊》，並作〈自序〉，次年由北京新潮社出版。

一九二三年　四十二歲

六月，與周作人合譯的《現代日本小説集》由上海商務印書館出版。

七月，與周作人關係破裂；八月二日租屋另住。

九月十七日開始，在北京世界語專門學校講授中國小説史，至一九二五年三月結束。

十二月，《中國小説史略》上冊由北京新潮社出版。

十二月二十六日，在北京女子師範大學講演，題為〈娜拉走後怎樣〉。

本年秋季起，除在北大、北師大兼任講師外，又兼任北京女子高等師範學校講師。

一九二四年　四十三歲

一月十七日，在北京師範大學作題為〈未有天才之前〉的講演。

二月作小説《祝福》、《在酒樓上》、《幸福的家庭》。

三月，作小説《肥皂》。

六月，《中國小説史略》下冊由北京新潮社出版。該書次年九月合成一冊由北京北新書局出版。

七月，應西北大學與陝西教育廳之邀，赴西安講學，講題為〈中國小説的歷史的變遷〉。

八月十二日返京。

九月開始寫〈秋夜〉等散文詩，後結集為散文詩集《野草》。

十月，譯畢日本廚川白村的《苦悶的象徵》。本年十二月由北京新潮社出版。

十一月十七日，《語絲》周刊創刊，魯迅為發起人與主要撰稿人之一。創刊號上刊出魯迅的雜文《論雷峰塔的倒掉》。

一九二五年　四十四歲

從一月十五日起，以〈忽然想到〉為總題，陸續作雜文十一篇，至六月十八日畢。

二月二十八日，作小說《長明燈》。

三月十八日，作小說《示眾》。

三月二十一日，作散文〈戰士與蒼蠅〉，對誣蔑孫中山先生的無恥之徒作了猛烈的抨擊。魯迅後來在《集外集拾遺·這是這麼一個意思》中談到這篇散文時說：「所謂戰士者，是指中山先生和民國元年前後殉國而反受奴才們譏笑糟蹋的先烈；蒼蠅則當然是指奴才們。」

五月一日，作小說《高老夫子》。

五月十二日，出席北京女子師範大學學生自治會召開的師生聯席會議，支持學生反對封建家長式統治的正義鬥爭。

八月十四日，被段祺瑞政府教育總長章士釗非法免除教育部僉事職。八月二十二日，魯迅向平政院投交控告章士釗的訴狀。次年一月十七日，魯迅勝訴，原免職之處分撤銷。

十月，作小說《孤獨者》、《傷逝》。

十一月，作小說《弟兄》、《離婚》。

十一月三日，編定一九二四年以前所作之雜文，書名《熱風》，本月由北京北新書局出版。

十二月，所譯日本廚川白村的文藝論集《出了象牙之塔》由北京未名社出版。

十二月二十九日，作論文〈論「費厄潑賴」應該緩行〉。

十二月三十一日，編定雜文集《華蓋集》，並作〈題記〉，次年六月由北京北新書局出版。

一九二六年　四十五歲

二月二十一日，開始寫作回憶散文〈狗·貓·鼠〉等，後結集為回憶散文集《朝花夕拾》，一九二八年九月由北京未名社出版。

三月十日，作《孫中山先生逝世後一周年》，頌揚孫中山先生的革命精神。

三月十八日，段祺瑞政府槍殺愛國請願學生的「三一八慘案」發生。為聲援愛國學生，揭露軍閥政府的暴行，魯迅陸續寫作了〈無花的薔薇之二〉、〈死地〉、〈紀念劉和珍君〉等雜文、散文多篇。因遭北洋軍閥政府通緝，曾被迫離寓至山本醫院、德國醫院等處避難十餘日。

八月一日，編《小說舊聞鈔》，作序言，當月由北京北新書局出版。

八月二十六日，應廈門大學邀請，赴任該校國文系教授兼國學研究院教授，啟程離北京。許廣平同車離京，赴廣州。
八月，小說集《徬徨》由北京北新書局出版。
九月四日，抵廈門大學。
十月十四日，編定雜文集《華蓋集續編》，並作〈小引〉，次年由北京北新書局出版。
十月三十日，編定論文與雜文合集《墳》，並作〈題記〉，次年三月由北京未名社出版。
十二月，因不滿於廈門大學的腐敗，決定接受中山大學的聘請，辭去廈門大學的職務。
十二月三十日，作歷史小說《奔月》。

一九二七年　四十六歲

一月十六日離廈門，十九日到廣州中山大學，出任該校文學系主任兼教務主任。
二月十八日，應邀赴香港講演，講題為〈無聲的中國〉和〈老調子已經唱完〉，二十日回廣州。
四月八日，在黃埔軍官學校講演，題為〈革命時代的文學〉。
四月十五日，為營救被捕的進步學生，參加中山大學系主任會議，無效，於二十九日提出辭職。
四月二十六日，編散文詩集《野草》成，作〈題辭〉。七月，該書由北京北新書局出版。

七月二十三日，應邀在廣州暑期學術講演會上發表題為〈魏晉風度及文章與藥及酒之關係〉的講演。

八月二十二日至二十四日，編《唐宋傳奇集》成，由北京北新書局在本年十二月及次年二月分上下冊出版。

九月二十七日，偕許廣平乘輪船離廣州，十月三日抵達上海，十月八日開始同居生活。

十二月十七日，《語絲》周刊被奉系軍閥封閉，由北京移至上海繼續出版，魯迅任主編，次年十一月辭去主編職。

十二月二十一日，應邀在上海暨南大學演講，題為〈文藝與政治的歧途〉。

一九二八年　四十七歲

二月十一日，譯日本板垣鷹穗的《近代美術思潮論》畢，次年由上海北新書局出版。

二月二十三日，作文藝評論《「醉眼」中的朦朧》。

四月三日，譯日本鶴見佑輔隨筆集《思想．山水．人物》畢，次年五月由上海北新書局出版。

六月二十日，與郁達夫合編的《奔流》月刊創刊。

十月，雜文集《而已集》由上海北新書局出版。

一九二九年　四十八歲

二月十四日，譯日本片上伸的論文《現代新興文學的諸問題》畢，並作〈小引〉，本年四月由上海大江書鋪出版。

四月二十二日，譯蘇聯盧那察爾斯基的論文集《藝術論》畢，並作〈小引〉，本年六月由上海大江書鋪出版。

四月二十六日，作〈《近代世界短篇小說集》小引〉。該書由魯迅、柔石等編譯，分兩冊，先後於本年四月、九月由上海朝花社出版。

五月十三日，離上海北上探親，十五日抵北平。在北平期間，先後應燕京大學、北京大學第二院、北平大學第二師範學院等院校之邀講演。六月三日啟程南返，五日抵滬。

八月十六日，譯蘇聯盧那察爾斯基的論文集《文藝與批評》畢，本年十月由上海水沫書店出版。

九月二十七日，子海嬰出生。

十二月四日，應上海暨南大學之邀，前往講演，題為〈離騷與反離騷〉。

一九三〇年　四十九歲

一月一日，《萌芽月刊》創刊，魯迅為主編人之一。

二月八日，《文藝研究》創刊，魯迅主編，並作〈《文藝研究》例言〉。這個刊物僅出一期。

二月至三月間，先後在中華藝術大學、大夏大學、中國公學分院作演講，共四次，題目分別為〈繪畫漫論〉、〈美術上的現實主義問題〉、〈象牙塔與蝸牛廬〉和〈美的認識〉。

三月二日，中國左翼作家聯盟（簡稱「左聯」）成立，在成立大會上發表〈對於左翼作家聯盟的意見〉的演講，並被選為執行委員。

三月十九日，得知被政府通緝的消息，離寓暫避，至四月十九日。

五月八日，譯完蘇聯普列漢諾夫《藝術論》，並為之作序，本年七月由上海光華書局出版。

八月三十日，譯蘇聯阿．雅各武萊夫小說《十月》成，並作後記，一九三三年二月由上海神州國光社出版。

九月二十五日為魯迅五十壽辰（虛歲）。文藝界人士十七日舉行慶祝會，魯迅出席。

九月二十七日，編德國版畫家梅斐爾德的《士敏土之圖》畫集成，並為之作序。次年二月以三閒書屋名義自費印行。

十一月二十五日，修訂《中國小說史略》畢，並作〈題記〉。修訂本次年七月由上海北新書局出版。

十二月二十六日，譯成蘇聯法捷耶夫的小說《毀滅》，次年九月由上海大江書鋪出版，十月以三閒書屋名義再版。

一九三一年　五十歲

一月二十日，因「左聯」五位青年作家被捕而離寓暫避，二十八日回寓。五位青年作家遇難後，魯迅在「左聯」內部刊物上撰文，並為美國《新群眾》雜誌作〈黑暗中國的文藝界的現狀〉。

四月一日，校閱孫用譯匈牙利裴多菲的長詩〈勇敢的約翰〉畢，並為之作〈校後記〉。

七月二十日，校閱李蘭譯美國馬克·吐溫的小說《夏娃日記》畢，並於九月二十七日為之作〈小引〉。

九月二十一日，就「九一八」事變，發表《答文藝新聞社問》，揭露日本帝國主義的侵略野心。

十二月二十七日，作文藝評論《答北斗雜誌社問》。

一九三二年　五十一歲

一月三十日，因「一二八」戰事，寓所受戰火威脅而離寓暫避，三月十九日返寓。

二月三日，與茅盾、郁達夫等共同簽署《上海文化界告全世界書》，抗議日本帝國主義的侵華暴行。

四月二十四日，雜文集《三閒集》編成，並作序，本年九月由上海北新書局出版。

四月二十六日，雜文集《二心集》編成，並作序，本年十月由上海合眾書店出版。

九月，編集與曹靖華等合譯的蘇聯短篇小說兩冊，一冊名《豎琴》，另一冊名《一天的工作》，各作〈前記〉與〈後記〉，二書均於一九三三年由上海良友圖書公司出版。一九三六年再版時合為一冊，改名為《蘇聯作家二十人集》。

十月十日，作文藝評論《論「第三種人」》。

十月二十五日，作文藝評論《為「連環圖畫」辯護》。

十一月九日，因母病北上探親，十三日抵北平。在北平期間，先後應北京大學第二院、輔仁大學、女子文理學院、北京師範大學與中國大學之邀前往講演，講題分別為〈幫忙文學與幫閒文學〉、〈今春的兩種感想〉、〈革命文學與遵命文學〉、〈再論「第三種人」〉和〈文力與武力〉。三十日返抵上海。

十二月十四日，作〈《自選集》自序〉。《魯迅自選集》於次年三月由上海天馬書店出版。

十二月十六日，編定《兩地書》（魯迅與許廣平的通信集）並作序，次年四月由上海北新書局以「青光書局」名義出版。

十二月，與柳亞子等聯名發表《中國著作家為中蘇復交致蘇聯電》。

一九三三年　五十二歲

一月六日，出席中國民權保障同盟臨時執行委員會會議，被推舉為上海分會執行委員。

二月七、八日，作散文〈為了忘卻的紀念〉。

二月十七日，在宋慶齡寓所參加歡迎英國作家蕭伯納的午餐會。
三月二十二日，作〈英譯本《短篇小說選集》自序〉。
五月十三日，與宋慶齡、楊杏佛等赴上海德國領事館，遞交《為德國法西斯壓迫民權摧殘文化的抗議書》。
五月十六日，作雜文〈天上地下〉。
六月二十六日，作雜文〈華德保粹優劣論〉。
六月二十八日，作雜文〈華德焚書異同論〉。
七月十九日，雜文集《偽自由書》編定，作〈前記〉，三十日作〈後記〉，本年十月由上海北新書局以「青光書局」名義出版。
七月七日，與美國黑人詩人休斯會晤。
八月二十七日，作文藝評論《小品文的危機》。
九月三日，世界反對帝國主義戰爭委員會在上海召開遠東會議，魯迅被推選為主席團名譽主席，但未能出席會議。
十二月二十五日，為葛琴的小說集《總退卻》作序。
十二月三十一日，雜文集《南腔北調集》編定，並作〈題記〉，次年三月由上海聯華書局以「同文書局」名義出版。

一九三四年　五十三歲

一月二十日，為所編蘇聯版畫集《引玉集》作〈後記〉，本年三月以「三閒書屋」

名義自費印行。
三月十日，編定雜文集《準風月談》作〈前記〉，十月二十七日作〈後記〉，本年十二月由上海聯華書局以「興中書局」名義出版。
三月二十三日，作《答國際文學社問》。
五月二日，作文藝評論《論「舊形式的採用」》。
六月四日，作雜文〈拾來主義〉。
七月十八日，編定中國木刻選集《木刻紀程》並作〈小引〉，本年八月由鐵木藝術社印行。
八月一日，作散文〈憶劉半農君〉。
八月九日，編《譯文》月刊創刊號，任第一至第三期主編，並作〈《譯文》創刊前記〉。
八月十七至二十日，作論文〈門外文談〉。
八月，作歷史小說《非攻》。
十一月二十一日，為英文月刊作雜文〈中國文壇上的鬼魅〉。
十二月二十日，編定《集外集》，作序言。本書次年五月由群眾圖書公司出版。

一九三五年　五十四歲

一月一日至十二日，譯成蘇聯班台萊夫的兒童小說《錶》，本年七月由上海生活書店出版。

二月十五日，著手翻譯俄國果戈里的小說《死魂靈》第一部，十月六日譯畢，本年十一月由上海文化生活出版社出版。

二月二十日，《中國新文學大系·小說二集》編選畢，並為之作序。本年七月由上海良友圖書印刷公司出版。

三月二十八日，作〈田軍作《八月的鄉村》序〉。

四月二十九日，為日本改造社用日文寫《在現代中國的孔夫子》。

六月十日起陸續作以〈題未定草〉為總題的雜文，至十二月十九日止，共八篇。

八月八日，為所譯高爾基《俄羅斯的童話》作〈小引〉，該書十月由上海文化出版社出版。

十一月十四日，作〈蕭紅作《生死場》序〉。

十一月二十九日，作歷史小說《理水》畢。

十二月二日，作文藝評論《雜談小品文》。

十二月，作歷史小說《采薇》、《出關》、《起死》；與前作《補天》、《奔月》、《鑄劍》、《理水》、《非攻》一起彙編成《故事新編》，本月二十六日作序，次年一月由上海文化生活出版社出版。

十二月三十日，作《且介亭雜文》序及附記，十二月三十一日，作《且介亭雜文二集》序及後記；本月還曾著手編《集外集拾遺》，因病中止。

一九三六年　五十五歲

一月二十八日，《凱綏·珂勒惠支版畫選集》編定，並作〈序目〉，本年五月自費以三閒書屋名義印行。

二月二十三日，為日本改造社用日文寫《我要騙人》。

三月二日，肺病轉重，量體重，僅三十七公斤。

三月下旬，扶病作〈《海上述林》上卷序言〉，四月底，作〈《海上迷林》下卷序言〉。該書署「諸夏懷霜社教印」，上卷於本年五月出版，下卷於本年十月出版。

四月十六日，作雜文《三月的租界》。

六月九日，作《答托洛斯基派的信》。

八月三日至五日，作《答徐懋庸並關於抗日統一戰線問題》。

九月五日，作散文〈死〉。

十月八日，往青年會參觀第二次全國木刻流動展覽會，並與青年木刻藝術家座談。

十月九日，作散文〈關於太炎先生二三事〉。

十月十七日，執筆寫作一生中最後的一篇作品《因太炎先生而想起的二三事》，未完篇輟筆。

十月十九日晨三時半，病勢劇變，延至五時二十五分病逝於上海。

魯迅雜文精選：9

准風月談【經典新版】

作者：魯迅
發行人：陳曉林
出版所：風雲時代出版股份有限公司
地址：10576台北市民生東路五段178號7樓之3
電話：(02) 2756-0949
傳真：(02) 2765-3799
執行主編：朱墨菲
美術設計：吳宗潔
行銷企劃：林安莉
業務總監：張瑋鳳

初版日期：2022年8月
ISBN：978-626-7025-80-2

風雲書網：http://www.eastbooks.com.tw
官方部落格：http://eastbooks.pixnet.net/blog
Facebook：http://www.facebook.com/h7560949
E-mail：h7560949@ms15.hinet.net
劃撥帳號：12043291
戶名：風雲時代出版股份有限公司

風雲發行所：33373桃園市龜山區公西村2鄰復興街304巷96號
電話：(03) 318-1378
傳真：(03) 318-1378
法律顧問：永然法律事務所 李永然律師
　　　　　北辰著作權事務所 蕭雄淋律師

行政院新聞局局版台業字第3595號 營利事業統一編號22759935

定價：320元

國家圖書館出版品預行編目資料

准風月談 / 魯迅著. -- 初版. -- 臺北市：風雲時代出版
股份有限公司, 2022.04
面；　公分. -- (魯迅雜文精選；9)

ISBN 978-626-7025-80-2 (平裝)

855　　　　　　　　　　　　111001870